劇場版 黒子のバスケ LAST GAME

劇場版 黒子のバスケ LAST GAME ラストゲーム

藤巻忠俊　平林佐和子

JUMP j BOOKS

CONTENTS

劇場版
黒子のバスケ
LAST GAME

不世出《ふせいしゅつ》の五人の天才「キセキの世代」。

その五人が一目置《いちもく》いた「幻の六人目《シックスマン》」。

まるで運命に導かれるように同じ時代に揃《そろ》った彼らの前に、彼は現われた。

火神大我《かがみたいが》。

「キセキの世代」と同じ存在《モノ》でありながら「キセキの世代」とはならなかった存在《モノ》。天才たちと同じ才能《ギフト》を持つ最後の覚醒者――「キセキならざるキセキ」。

彼は運命の影と出会い、真の光となる。

光はライバルたちとの戦いを通して輝きを増し、ついにはチームを日本一へ、ウインターカップ優勝へと導《みちび》くにいたった。


そして。

光と影にいま、あらたなステージが訪れる。

襲来

Invasion

KUROKO'S BASKETBALL
LAST GAME

火神大我《かがみたいが》が日本に帰国したのは彼が中学二年の夏だった。

「アメリカから来た火神大我です。向こうではバスケをやっていました！　将来の夢はNBA選手です！　みんな、よろしく！」

転校初日、クラスメイトの前に立った火神は大きな声で挨拶《あいさつ》をした。

『友達を作るには、アピールが大事。何が好きとか、何が得意とか、自分はこういう人間ですって知ってもらうんだ』

アメリカで最初に友達になった氷室辰也《ひむろたつや》から教わった鉄則である。兄のように慕《した》っていた彼のアドバイスのおかげで火神はバスケにのめりこみ、同時に友達も増えていった。だから新しい環境になっても、同じように友達を作りたいと考えての発言だった。

けれど、クラスメイトの反応は彼が期待したものとは違った。

火神の自己紹介にクラスメイトたちはざわつくだけで、距離が縮まった気配はない。むしろどことなく、おかしな視線を感じる。火神は内心首をひねったが、はじめはこんなものだろうと気にしないことにした。

けれどすぐに、その視線の意味を火神は知ることになる。

転入後、火神は当然のようにバスケ部に入部し、練習に参加した。

行われたミニゲームで、火神はめざましい活躍を見せた。立ちはだかるディフェンスを軽々とすり抜け、最後はワンハンドのダンクシュート。

「だれ、あいつ⁉　ダンクしやがったぞ！」

「アメリカ帰りなんだってよ」

中学生離れしたプレイにクラブメイトたちがどよめくなか、ゴールリングから手を離して床《ゆか》に着地した火神は軽く息を吐くと、

「悪い、大丈夫か？」

尻餅《しりもち》をついて座りこんでいる生徒に手を差し出した。火神がダンクをしたときに、防ごうとしていた生徒は勢いに負けて弾《はじ》き飛ばされていたのだ。

差し出された手を見て、相手の生徒はぐっと火神を睨《にら》み返した。

その眼差《まなざ》しがはじめてには思えなくて、火神は内心首を捻《ひね》る。

おぼろげな記憶を辿《たど》り、ようやく「同じクラスの生徒だ」と火神が気づいたとき、相手の生徒が口を開いた。

「あー、まじ萎《な》えるわ」

「え……？」

火神は目を丸くした。突然のことで、何を言われたのか、わからない。驚く火神をよそに、相手の生徒はひとりで立ち上がると、やはりギロリと火神を睨みつけた。

「『こっちのバスケなんて、アメリカのバスケに比べたらマジつまんねぇ』みたいな顔しただろ、いま」

「い、いやべつにそんなこと……」

火神は慌《あわ》てて首を振ったが、相手の生徒は遮《さえぎ》るように冷たく言った。

「いやいいって。そう思わねーわけねーから」

火神を拒絶するように去って行く背中を見て、火神はようやく理解した。同時に、教室で感じたおかしな視線の意味も。相手の視線に見覚えがあったのは、教室でも同じ眼差しで睨まれていたから。

あらためて周囲を見渡せば、火神に向けられている視線はどれも〝厄介者《やっかいもの》〟への冷たい拒絶だった。

次元が違うヤツと一緒にプレイしても面白《おもしろ》くない、という明確な線引き。

（なんだよ、それ……）

もやもやとしたものが火神のなかに広がった。

この〝もやもや〟は日を追うごとに火神のなかで膨らみ続けた。

バスケ部の生徒の拒絶が教室内に広がり、完全に孤立してしまうと、さらに膨張は増した。

話す相手も、ましてやバスケをする相手もいない火神の心は荒《すさ》んだ。

(マジでつまんねぇな……。誰かなんとかしてくれよ……)

ひとりきりで過ごす中学生活、火神が呟《つぶや》く言葉はいつも苦《にが》かった。


それから三年。

高校二年生になった火神は、逃げ水で地面がゆらぐ通学路を歩きながら、うんざりとした声で言った。

「はぁ〜っ、あっちぃ〜……。なんなんだよ、この暑さは。……つーか、なんでお前、俺のうしろ歩いてんだよ!」

ガバッと火神が振り向けば、真うしろに立っていた黒子《くろこ》テツヤはいつものように淡々と応《こた》えた。

「おはようございます、火神君。それよりも」

「？」

「暑いんでしっかり前に立ってください」

「人を日よけに使うな！」

詰め寄って抗議する火神の声に応えるように、黒子の肩かけ鞄《かばん》からピョコッと黒くとんがった耳が飛び出した。

「わんっ！」

「わっ！　2号もいんのかよ！」

びくっと身を引く火神の視線の先では、つぶらな瞳《ひとみ》の子犬が鞄から顔を出していた。誠《せい》凛《りん》高校バスケット部のマスコット犬、テツヤ2号である。

「今週ボクが当番なんですもん」

なんで連れてきてるんだよっと視線で抗議する火神に、黒子はさらりと答えながら2号の頭を撫《な》でた。すると2号が「くぅ〜ん」とかわいい声をあげる。

しかしいまだに「かわいい」と感じられないでいる火神がむすっとしていると、ふいに火神のスマホが鳴りはじめた。

ポケットから取り出したスマホの画面を見た火神は「おや？」と片眉《かたまゆ》を上げた。表示されていたのは、いまはアメリカにいる彼のバスケットの師匠《ししょう》からの着信だった。

「アレックスだ。……もしもし？」

通話に切り替えて話しはじめた火神であったが、やがて顔色を変えた。

「え？　……アメリカ？」

緊張した様子《ようす》で立ち尽くす火神の横顔を、黒子はじっと見つめていた。


電話を切ったアレックスことアレクサンドラ＝ガルシアは、目の前に座る男ににこやかに言った。

「用件は伝えた。けど、どうかな」

「そうか……」

男はふぅ、と期待とわずかばかりの落胆の混ざった息を吐いた。そして立ち上がると部屋のなかを歩きだす。いつもはブリーフィングやスカウティングなどに使用されて賑《にぎ》わうバスケチーム専用の会議室だが、いまはアレックスと男のふたりきりだ。

「ビデオを見るまでは、半信半疑だったが……驚いたよ。日本にあれほどのプレイができる選手がいたなんて」

男は話しながら、アレックスが見せた日本での試合映像を思い出しているらしく、声には冷《さ》めやらぬ興奮の色が滲《にじ》んでいた。

そんな男の様子にアレックスは小さく微笑《ほほえ》む。彼の反応が嬉しかったからではない。彼の反応がすべて予想の範囲内だったからだ。かつての自分も日本の試合《ゲーム》など、まさに児戯《ゲーム》だと思っていた。

けれど日本に行き、実際に愛弟子《まなでし》たちの試合を見た瞬間、その考えは百八十度変わった。それだけの魅力が日本の若き選手たちにはあった。

たとえ全米中の優秀な選手たちを見てきたスカウトマンであっても、彼らを無視できない。できるはずがない。アレックスは確信していた。

やがて男は足を止めると振り向いて言った。

「期待して待っていていいのかな？」

アレックスは少しだけ肩をすくめた。

自分にもどうなるかはわからない。決めるのはアイツなのだから。

だが、わかっていることもある。

「なによりバスケが好きなことは保証するよ」

そう語る彼女の顔は、母親のように優しかった。


放課後、火神と黒子が視聴覚室へやってくると誠凛バスケ部のメンバーはすでに勢揃《せいぞろ》いしていた。

「遅いぞ、火神！」

伊月《いづき》俊《しゅん》が副部長らしく、メッと顔をしかめてたしなめると、

「お前が見たいって言ったんだろうが……」

小金井《こがねい》慎二《しんじ》も待ちくたびれた様子で急《せ》かす。

「わりいっ……でした！」

ぺこりと頭を下げる火神に、土田《つちだ》聡史《さとし》が優しく話しかけた。

「いいから早く座れよ」

「うす！」

素直に返事をし、火神と黒子は空《あ》いている席に座った。

まるで火神たちが座るのを待っていたかのように、教卓の上に設置されたテレビから歓

声が聞こえだす。

「お、始まるぞ」

伊月の声に、一同はテレビへと注目した。

今日はこれを見るために練習をやめて、視聴覚室に集まったのだ。

画面に映《うつ》っているのは屋外のストリートバスケ会場。大勢の観客で埋め尽くされた会場を背に、女性アナウンサーが笑顔で話しはじめる。

「いよいよこれから始まります、ストリートバスケットボールのスーパーエキシビションマッチ！　ご覧ください、会場全体が観客の熱気であふれています！　それもそのはず、本日プレイするのはあのスーパーチーム！　アメリカで、いや世界でいま圧倒的人気のストリートバスケットチーム、Ｊａｂｂｅｒｗｏｃｋ《ジャバウォック》です！」

アナウンサーの声とともに画面は切り替わり、彼らが空港に到着したときの録画映像が映し出された。

たくさんの報道陣に囲まれて入国ゲートを抜けて現われたのは、屈強な男たち。

彼らこそ、リーダーを含め五人全員が十八歳前後という若さでありながら、超絶パフォーマンスで観客を魅了し、ＮＢＡ選手にも劣らないほどの実力も兼ね備えたチーム、ジャバウォックである。

フラッシュがたき続けられる通路を余裕の態度で歩いてく彼らには、たとえようのない威圧感があった。

屈強な肉体は凶暴的な強さを予感させ、報道陣を見下すような眼差しは画面を通しても彼らの絶対的自信を伝えた。

やがてカメラはゲートを最後に抜けてきた男を映しだした。前を歩く四人とは一転して、どこか紳士的な雰囲気を持った男。ジャバウォックのリーダーだ。

彼のどこか謎《なぞ》めいた横顔を映し終えると、画面は現在のストバス会場を再度映しはじめた。

会場ではジャバウォックの登場を待ちかねて、歓声が続いている。

「みなさん、長らくお待たせしました！」

満を持してコートに現われたＭＣはマイクを片手に高らかに宣言した。

「アメイジングストリートバスケットボールチーム、ジャバウォックのエキシビションマッチ、いよいよスタートです！」

会場の盛りあがりは最高潮に達し、テレビを見つめる黒子たちにまで届くかのようだ。

「本場のストバスチームを見れるなんてワクワクしますね」

「ああ！」

黒子が言うと、隣に座る火神は画面から目を離さず興奮気味に答えた。

同じように画面を見つめていた伊月がふと笑みを漏らすと言った。

「あの二人、うまくやってるかな……」

それを聞いた土田が「どうだろうね」と微笑む。

〝あの二人〟とは、相田《あいだ》リコと日向順平《ひゅうがじゅんぺい》のことである。リコの父・相田景虎《かげとら》がジャバウォックの通訳兼ガイドを担当している兼ね合いで、入手困難と思われた観戦チケットが二枚手に入り、二人はいま会場にいるのだ。

チケットが手に入ったとき、リコはチーム内で行きたい人を募《つの》った。だが、誰もがある男性に気を利《き》かせ（もはやヘタレっぷりが見ていられなかったのもあるが）、結果として日向がリコと行くことになったのだった。

画面には映っていないが、観客席にいるはずの日向に向かって小金井は熱い念を送った。

「決めろよ、日向……。あの子の心《ハート》にクラッチシュート！」

その念が届いたのかどうか、客席にいた日向は思いっきりくしゃみをした。

「うえっくしゅっ！」

「ちょっと大丈夫？」

鼻をこする日向にリコが尋ねる。日向が「あ、ああ……」と答えていると、ＭＣのアナウンスが響き渡った。
「まずはじめに、日本の特別チームの紹介です！　チ――ム、Strky《スターキー》!!」
MCの紹介と共に大歓声が起こり、コートの端に五人の青年が姿を現した。
「おっ、来たぞ。しかしマジであの人たちが集まるとはな……」
日向とリコが驚きの眼差しで見つめる彼らは、あまりにも見知った人物たち。
4番　今吉翔一《いまよししょういち》（桐皇学園《とうおうがくえん》高校出身）
5番　樋口正太《ひぐちしょうた》（洛山《らくざん》高校出身）
6番　宮地《みやじ》清志《きよし》（秀徳《しゅうとく》高校出身）
7番　笠松幸男《かさまつゆきお》（海常《かいじょう》高校出身）
8番　岡村建一《おかむらけんいち》（陽泉《ようせん》高校出身）
かつて戦った強豪校の選手たちであった。

同時刻。
ハンバーガーショップにいた海常高校の黄瀬涼太《きせりょうた》は自分のスマホに映った、かつての主将の姿に嬉しげな声をあげた。

「出てきたっスよ、笠松先輩！」

「おお！」

一緒にいた早川充洋《はやかわみつひろ》と中村真也《なかむらしんや》も一緒にスマホを覗《のぞ》きこんだ。

また桐皇学園高校の体育館では、床に置いたタブレット端末の前に若松孝輔《わかまつこうすけ》、桜井良《さくらいりよう》、さらに青峰大輝《あおみねだいき》が座りこみ、画面を見つめていた。

「今吉さん、髪切ってんじゃん！」

若松が驚いたように言い、桜井が小刻《こきざ》みにこくこくと頷《うなず》いた。

同じように秀徳高校の部室でもテレビがつけられ、高尾和成《たかおかずなり》と緑間真太郎《みどりましんたろう》が画面に映る卒業生・宮地の登場を見守っていた。

「わはっ、ホントに出てら！　ホラホラ、お兄さん出てますよ！」

高尾はちょうど部室に入ってきた宮地の弟・裕也《ゆうや》にテレビを指さしてみせた。

カメラの映像が宮地から岡村へと切り替わったとき、陽泉高校の学生寮食堂では押し殺した笑いが炸裂した。

「アゴリラ、髪、何があったアル……！」

髪の長さや色までも大きくイメージチェンジをとげた岡村のアップ映像に、劉偉《リユウウエイ》は口と腹を押さえて笑い、その隣で氷室も必死に笑いを堪《こら》えている。

紫原《むらさきばら》敦《あつし》も珍しくお菓子を食べる手を止め、「ハラいてぇ……」と笑いすぎて痙攣《けいれん》するお腹《なか》を押さえるありさまであった。

一方、洛山高校の学生ホールではマネージャーだった先輩の雄姿《ゆうし》に「ひぐっさん出てるよー」と葉山《はやま》小太郎《こたろう》が目を丸くしていた。

「まさか選手に復帰するとはなぁ」

ソファに座った根武谷《ねぶや》永吉《えいきち》がしみじみと言う。実渕《みぶち》玲央《れお》は黙って画面を眺めていたが、ホールに赤司《あかし》征十郎《せいじゅうろう》が現われると、早く早くというように手で招いた。

「ホラ征《せい》ちゃん、はじまったわよっ」

ああ、と答え、赤司も空《あ》いたソファに座り、画面を見つめる。

かつては敵同士だった選手たちのスペシャルチーム、それがスターキーだった。

居並ぶメンバーを改めて見つめ、リコは溜息をつくように言った。

「それにしても懐かしいメンバーね」

「ああ。……ただ、アイツが気になること言ってたんだよなぁ……」

「あいつって？」

リコが尋ねると、日向は答えた。「木吉《きよし》だよ」

日向がアメリカにいる木吉鉄平《てっぺい》と電話で連絡をとったのはつい最近のことだ。試合を見にいくにあたり、事前情報を得ようと思ったからだった。

アメリカの病院で膝《ひざ》の治療を続ける木吉は、日向がジャバウォックの名を出すと、わずかに顔をしかめた。

「う〜ん、そいつはちょっと心配だな。こっちではあいつらの噂《うわさ》はよく聞くんだけど……悪いものが多いんだ」

木吉から知らされた意外な情報。それを日向がリコに伝えると、彼女はわずかに眉《まゆ》をひそめ、コートの端を見遣《みや》った。

いままさに彼らが姿を見せたのである。

「いよいよ現われたぞ、チ――ム、ジャバウォック!!」

MCのコールと大歓声とともにコートに立った五人は威圧感に満ちていた。グチャグチャとガムを噛《か》み、ねめつけるような視線がさらに威圧感を増長している。

「あれがほぼタメとか……ウソやろ？」

今吉が茶化《ちゃか》すように言うが、むしろ茶化しでもしなければ気圧《けお》されることを感じての発言だった。身長も筋肉も、日本人とはケタ違いの選手たちがずらりと並ぶのはもはや壮観だ。もちろん、それが敵でなければ、の話だが。

Strky
Strky
6
Strky
7
Strky

12
4
8
7

審判がボールを手にセンターサークルへと近づく。選手たちも散らばり、試合開始に備えた。

緊張が高まるなか、ＭＣの明るい声が響いた。

「いったいどんなスーパープレイが見られるのか⁉　いま、ティップオフ！」

声と同時に投げ上げられたボールに、両チームの手が伸びた。

バシッ！

激しい音を立ててボールを叩いたのは、ジャバウォックの選手だった。

ボールはジャバウォックのリーダーの手に渡り、彼はすぐさまドリブルで攻め上がる。

その前に飛び出したのは、笠松だった。

（パスもらって即ドリブル……やっぱストリートのテンポは違うな）

テンポの違いに翻弄《ほんろう》されてはいけない。

笠松は自分に念じ、相手の動きに備えた——次の瞬間。

バッ！

驚きの展開に笠松は大きく目を見開いた。

自分の手の中にボールがあるのだ。確かに相手のボールを奪おうとしてはいたが、こんな簡単にできるとは思ってもいなかった。

「⁉」

奇妙な違和感。だが、頭は違和感を覚えていても体は止まることなく、すぐに走りだした宮地にパスを出した。

「っしゃ！」

宮地はボールを受け取るとドリブルで独走し、きれいなレイアップシュートを決めた。

「よおし！」

「ナイシュー！」

先制点に岡村と樋口が喜び、笑顔を見せる。

けれど笠松は素直に喜べなかった。拭《ぬぐ》いきれない違和感に釈然としないまま走って戻ろうとしたとき、ジャバウォックのリーダーとすれ違った。

彼は薄笑いを浮かべていた。

「……………？」

嫌《いや》な予感が笠松の中に芽生える。しかし彼の不安とは反対に、ゲームはスターキー優勢のまま進んだ。

続いて岡村がダンクシュートを決めると、観客は日本チームの活躍におおいに盛りあがった。

一方、シュートを決められてジャバウォックメンバーは悔しがっていたが、その様子に宮地は不審感を抱《いだ》く。

(なんだ……？　どこかバカにされてるような気が……)

悔しがる仕草《しぐさ》がやけに大げさで、芝居がかっているように見えたのだ。

スターキーが徐々に違和感を募《つの》らせていったとき、事態は動いた。

場面はジャバウォックの攻撃。ボールは彼らのリーダーへと回った。

すかさず笠松はリーダーの前に立ちふさがる。

(こいつ……！)

冷たい微笑を浮かべたリーダーに、笠松は彼の雰囲気がいままでと違うことを敏感に察知した。

(来る……！)

と思った直後、笠松は目を疑った。

ダダダダダダダダダダダダッ！

激しくボールの弾《はず》む音が場内に響く。

(うはっ！　なんやアレ！　速すぎやろ！　人間技ちゃうで！)

歴戦の徒である今吉が思わず目を剝《む》く。それほどにリーダーのドリブルは速く、かつ前後左右と変幻自在に動いた。

「くっ！」

笠松は目にもとまらぬドリブルに追いつこうと目をこらす。

そんな笠松の様子に、リーダーはニッと笑うと、
バッ！

突然ドリブルをやめて、両手を大きく広げた。あんなに激しく地面を叩いていたボールが音もなく消えていた。

「えっ……⁉」

笠松は目を丸くし、ボールを探すが見あたらない。

いったいどこへ……と戸惑《とまど》う笠松の前で、リーダーは素早《すばや》く右肘を背後へ引いた。

ガッ！

「あっ⁉」

音を立ててボールが飛んでいくのを見て、笠松はボールがリーダーの背後に隠れていたことをはじめて理解した。

見事なエルボーパスはジャバウォックのメンバーへ繋《つな》がり、すかさずシュートが決まる。

相手の一瞬の虚《きょ》をついた見事なプレイに会場は沸いた。

「すっご……！」

リコも思わず声を漏らし、日向もこくりと頷く。

そこからジャバウォックの攻勢がはじまった。

圧倒的で一方的なプレイの連続が。

激しいドリブルを止めようとした宮地は、相手のフェイクに捕《つか》まりパスボールを顔に当てられた。

ボールを奪おうとワンオンワンに臨《のぞ》んだ樋口も、ボールを手にした相手に逆に周囲を回りこまれて翻弄されるだけだった。

今吉は相手のスピードの緩急に足を取られ体勢を崩《くず》し、床に転《ころ》がった。青峰の敏捷性《アジリティ》に慣れていたはずの彼にとっても、ジャバウォックのメンバーのスピードは捕らえづらかった。床に倒れた彼の前で、ジャバウォックの選手はユニフォームの中にボールを投げ入れ腹のまわりで回転させてみせた。

まるで大人が子供をあやすかのようなプレイに、ジャバウォックの選手たちから喝采《かっさい》が起こる。

けれど、客席から喝采をおくる者はいなかった。

「……やりすぎだろ」

桐皇学園の体育館で、青峰が静かに言った。

振り向いた桜井はぞくりと身を震わせた。それほどに青峰は冷たい眼差しをしていた。

青峰はタブレットから視線を外《はず》さずに言った。

「ストバスのプレイで相手をおちょくったりすんのは珍しくもなんともねぇ。むしろハイテクニック、キメたらクールってもんだ。……けど、コイツらはそれしかやってねぇ。見下してる感じがモロに出てんぜ」

会場に集まった観客もテレビで観戦した者たちも、ジャバウォックのスーパープレイを見たかったのは事実だ。けれど、無残なほどチームスターキーをコケにする試合内容に、高揚感は消えていた。

むしろ湧きあがるのは不快感だ。それもチームメイトだった先輩が恥をかかされている者ならば、なおさら。

当初とは一転した空気の中でも、コート上のスターキーは懸命《けんめい》に戦い続けた。

ダンクに飛んだジャバウォックの選手を防ごうと岡村が跳び上がる。

「うぉぉぉぉぉ！」

ガガガンッ！

だが、岡村の巨体を弾き飛ばし、相手の選手は豪快なダンクを決めた。

「ぐっ……！」

悔しさに顔を歪《ゆが》めて落下する岡村を、相手の選手が見下した笑いで見送る。

岡村が疲労で悲鳴をあげる体にむち打って立ち上がろうとしたとき、試合終了を告げるホイッスルの音が響き渡った。

「タイムアップ！　さすがジャバウォック！　圧倒的――っ!!」

MCの声が会場内に響き渡る。

スコアボードはJabberwock《ジャバウォック》 86 対 Strky《スターキー》 6。

しかし会場からは彼らを称《たた》える拍手も歓声もあがらなかった。静まりかえった会場内で、コート上のジャバウォックメンバーたちだけが互いに手を叩き合い、勝利を分かち合っていた。

そんな彼らに、近づく人影があった。

笠松だ。

彼は荒い呼吸とともに悔しさを飲みこむと、ジャバウォックのリーダーの前で立ち止まった。

「……あざす」

と言って、笠松は右手を差し出す。

敗北もそれ以外のことも悔しいが、スポーツマンとして礼儀は示さなくてはいけないと思ったのだ。

そんな笠松の手を、ジャバウォックのリーダーは冷たく見下ろすだけで、ぴくりとも動かない。

さらなる不穏な空気が流れそうになったとき、一本のマイクがふたりの間に割って入ってきた。

「あの……すばらしい試合でしたね！　よかったらファンのみなさんに一言……」

どうにか雰囲気をよくしたいと思ったのだろう、ＭＣの男がやけに明るい声でリーダーにマイクを向ける。

「……そうだな」

しばらくの沈黙ののち、ようやくリーダーが口を開いた。ＭＣはホッと胸を撫で下ろしたが、彼はすぐに後悔した。

「今日の試合で改めて思ったよ。お前らを見てると心底ヘドが出る」

「！」

リーダーの言葉に笠松は思わず目を見開く。

あまりのことにＭＣの男もマイクを引っこめることができず、リーダーの言葉は静まりかえった会場へ響き渡った。

「ここにいる奴ら全員、いやこの国でバスケごっこしている奴ら全員、いますぐやめるか死んでくれ。お前らだってサルと相撲《すもう》はしねぇだろう？　だがオレたちはした。プレイヤー気取りのサルとバスケをやらされたんだ。一言だぁ？　まずは自分たちがサルだってことを自覚しろ。サルにバスケをやる資格はねぇよ！」

ジャバウォックのなかで唯一紳士的な雰囲気を持っていた男はその本性を現し、蔑《さげす》んだ視線で周囲を一瞥《いちべつ》すると、最後に笠松に向かって唾《つば》を吐いた。

ペチャッと音をたて、笠松の差し出した手に唾がべったりとつく。

「………っっ」

だが、笠松は何も言い返さない。いや、言い返せない。他のスターキーのメンバーも悔しさに顔を歪めるが、言葉を発するものはいなかった。

敗者の弁は、勝者の論理を覆《くつがえ》せないからだ。

「ハハハハハハハハ！」

ジャバウォックのメンバーは高笑いをあげる。

〝貧弱なサルどもに、格の違いを見せつけてやること〟

彼らの来日の真の目的は果たされ、最高のエクスタシーである「屈辱に歪むサルの顔」

も眺められた。

充足感に満たされた彼らがコートを出ようとしたとき、

「待てこら、ガキども……！」

マイクを通さない大声が会場全体に響いた。

なんだ、と足を止めた彼らに向かって、スタッフブースからずんずんと歩いてくる男がひとり。

相田景虎である。

景虎は額《ひたい》に青筋《あおすじ》を刻《きざ》みながら、言った。

「せっかく来たんだ。もう少し遊んでけよ」

「はぁ？　どういうことだ？」

ジャバウォックのひとりが不審げに振り返る。

突然の乱入に会場もざわつきはじめた。

「……パパ？」

驚くリコたちの視線の先で、景虎は宣言した。

「一週間後にリベンジマッチだ！　コッチが負けたらオレが腹でも切ってやる！　テメェらが負けたら詫《わ》び入れたあと、イカダでも使って自力で家帰れ！」

「ああ？　何言ってんだ、オッサン？　なんでオレたちがもう一回試合してやんなきゃなんねーんだよ？　バカか？」

ジャバウォックの選手たちは相手にならんというように歩きだそうとしたが、リーダーだけは違った。

「……このまま黙るサルならいいが、ナメた口きくサルはカンベンならねぇ。おっさんのハラキリショーなんざどうでもいいが、やんなら違うかたちで償《つぐな》いはしてもらうぞ」

リーダーの返事に、他の仲間たちは「マジかよ……」「やれやれ……」というように顔を見合わせた。だが、リーダーの意見に反対するものはいない。

景虎は黙ってリーダーを睨みつけた。相手の提案を呑んだという意思表示だ。

「一週間後、二度とナメた口きけないようにしてやるよ」

そう言うとジャバウォックの選手たちはコートをあとにした。

予想外の展開のさらなる予想を超えた展開に、残された観客はざわつき、主催者側もどう始末をつければいいか、わからない。

とりわけ景虎を父に持つリコは困惑《こんわく》のさなかにあった。

「ちょっ、パパ……!?　リベンジマッチってメンバーはどうするつもりなのよ!?」

彼女にしては珍しく焦る隣で、日向は見えてきた可能性に目を輝かせていた。

「あんな奴らに勝てるなんて、そんなもん……あいつらに決まってんじゃねーか……！」

彼が想像しうる日本最強のチーム。

まさに奇跡のチーム誕生に、日向の胸は躍《おど》っていた。

宣戦布告

Declaration

KUROKO'S BASKETBALL
LAST GAME

翌日、とある体育館に集められた選手たちに気負《きお》っている様子はなかった。

「黒子《くろこ》っちからいきなりメールきて、何かと思ったっスよ！」

「けどまぁ、あそこまでケンカ売られちゃぁな」

「黙っているわけにはいかないのだよ」

「は～……。めんどくさいんだけど～」

「フフ……だが楽しみでもある。まさかオレたちがもう一度、同じチームで戦うことになるなんてね」

十年にひとりと言われた逸材《いつざい》が五人同時に揃った「キセキの世代」――黄瀬《きせ》涼太《りょうた》、青峰《あおみね》大輝《だいき》、緑間真太郎《みどりましんたろう》、紫原《むらさきばら》敦《あつし》、そして赤司《あかし》征十郎《せいじゅうろう》。

勢揃いした天才たちの姿に、景虎は満足げな笑みを浮かべると、

「基本、全員はじめましてだな」

きさくに話しかける景虎の隣で、景虎からアシスタントを頼まれて同席していたリコは思わず息を吐いた。

「改めて見ると、壮観なメンツね」

「ええ」

と、やはり景虎にマネージャーを頼まれた桃井《ももい》さつきが嬉しそうに微笑《ほほえ》む。

周囲を見渡した黄瀬が景虎に尋ねた。

「てか、オレらだけなんスか？　あのふたりは……？」

「ああ、もちろん呼んである」

「オレたちに勝ったふたりだ。当然だろう」

景虎が答え、赤司が微笑んで言ったとき。

「チュース」

「すみません、お待たせしました。よろしくお願いします」

最後のベンチメンバー、火神《かがみ》と黒子が体育館に到着した。

「黒子っちー！」

「テツく～ん!!」

嬉しそうに出迎える黄瀬より早く、桃井が黒子に抱きつく。桃井のタックルに一瞬息が止まる黒子の様子を見て、青峰が呆《あき》れた顔で言った。

「さつき、オマエ毎回それやんねーと気がすまねぇのか。ていうか、オメーもいんのかよ」

「いちゃワリーのかよ！」

青峰から面倒《めんどう》そうな視線を向けられ、火神が言い返す。

「控えの選手もいると聞きましたが……」

赤司が景虎に尋ねると、「そろそろ来るはずだ」と景虎が視線を入り口に向ける。

するとドヤドヤと歩いてくる足音が聞こえ、「遅れてすんませーん」と言いながら入ってきたのは、秀徳《しゅうとく》高校の高尾和成《たかおかずなり》、桐皇学園《とうおうがくえん》高校の若松孝輔《わかまつこうすけ》、誠凜《せいりん》高校の日向順平《ひゅうがじゅんぺい》の三人だった。

「日向先輩！」

「高尾！」

「若松！」

「『先輩』つけろ、おおい！」

後輩の青峰に呼び捨てにされ、若松は額《ひたい》にさっそく青筋を浮かばせる。

そんな彼とは反対に高尾はにこにこ笑顔で、

「どーもー。うちの真《しん》ちゃんがお世話になってますー」

とフレンドリーに「キセキの世代」のメンバーに挨拶《あいさつ》をし、緑間に「だまれ高尾」と睨《にら》まれていた。

わいわいと盛りあがる一団を見つめ、日向は思わずごくりと息を吞《の》んだ。

自分が思い描く最強のチームに、控えとして入る――。

(い、いいんかな、オレで……)

ドキドキと早鐘《はやがね》を打つ心臓をどうにか落ち着かせようとしていると、

「あまり固くならずに。もちろん歓迎しますよ」

ズバリ胸の内を言いあてられ、ギョッとして振り向けば、そこには紳士的な笑顔を浮かべた赤司が立っていた。

(心読まれて、しかも年下に優しくフォローされた!)

緊張を驚きでほぐされた日向であった。

やがて控え選手の三人を眺《なが》めていた紫原が口を開いた。

「控えってイミあんの～?　この人がオレの控えってこと～～?」

と、不満げに若松を指さすと、

「お前みたいのがいっから、呼ばれたんだよ!」

若松がさらなる青筋を浮かばせて言い返すが、紫原は「は――?」と首をかしげるだけだった。

各々が各々なりの挨拶をすませたタイミングで、景虎は言った。

「さあ、これで全員揃った。みんな、事情はもうわかってると思うが、ジャバウォックに対抗できるとしたら、いまここにいるメンツっきゃねぇ。このチームで一週間後のリベンジマッチに挑《いど》む。こんな機会はおそらく二度とねぇだろう。今回限りの、ドリームチームだ」

景虎の言葉に、誰もが内心頷《うなず》いた。

かつて袂《たもと》を分かった者同士、そこへ新《あら》たな「キセキならざるキセキ」を加え、これ以上ないほどの夢の共演だ。

しかも相手はあのジャバウォック。敵に不足はない。

集められた者たちの目に闘志が宿る。若い選手たちのやる気に、景虎は頼もしさを感じていた。

一週間後。リベンジマッチを明日に控えた夜、体育館では最後の調整練習が行われた。

「よーし、終わりだ！」

景虎の声に、コートを走っていたおのおのが足を止める。

激しい練習を終え、肩で息をする日向にリコがタオルを差し出した。

「おつかれ、日向クン」

「おー」

タオルを受け取り、汗を拭《ぬぐ》う日向にリコは続けて尋ねる。

「どう？　手応《てごた》えは？」

「見りゃーわかんだろ。やっぱすげーよ、このチームは」

「キセキの世代」とは過去に何度も対決している。だが、その時はひとりひとりとだった。

もちろん黄瀬の〝完全無欠の模倣《パーフェクトコピー》〟で擬似的な同時対戦も体験してはいたが、やはりオリジナルがそれぞれコートに立ち、対峙《たいじ》したさいの迫力と緊張感は格別だ。

この一週間、どうにかついてきた日向は、改めてメンバーたちを眺めると、言った。

「完全に噛《か》み合ったら、すげぇことになるぜ」

「……だよね」

日向が言葉の裏にこめた思いを感じ、リコは苦笑《にがわら》いを浮かべる。

噛み合ったら、すごいことになる——つまりは、完全に噛み合うまでにはいたらなかった、ということだ。

（それでもこの短期間では上出来とも言える。あとは明日の本番を信じるしかないわね）

いまさら後悔をしてもはじまらない。選手たちはやるべきことをやったのだ。あとはぐっすり休んで、明日に備えてもらうほかない。

わたしも差し入れを用意しなきゃね……と、日向が青ざめそうなことをリコが考えていると、

「ちょっと出てくるわ」

「え?」

振り返ると、疲れた顔の景虎がジャケットを肩に引っかけて、出ていこうとしている。

「どこ行くの?」

「六本木《ろっぽんぎ》。ジャバウォックの連中が暴れてるらしい」

は〜、と深い溜息をつく景虎に日向が首をかしげた。

「なんでカゲトラさんが……?」

「あいつらの滞在を無理矢理延《の》ばしちまったから、毎晩遊ばせてんだよ。しかも、自腹で〜……」

二度目の深い溜息をつき、ズズーンと肩を落とす背中にはいつもの威勢のよさはまったく感じられない。いまにも吹いたら飛びそうな父親のうしろ姿に、この闘《たたか》いに相田《あいだ》家の未来もかかっていることをリコは知った。

「火神っち〜、仕上げに少しワンオンワンしねっスか？」

「おう、いいな！」

黄瀬の誘いに、火神が快《こころよ》く頷《うなず》いた。

ボールを手にコートへと入っていくふたりに、桃井が「あんまりエキサイトしすぎないでねー」と軽く釘をさす。

へーい、と返事をするふたりの様子に、高尾と若松はやれやれと笑った。

「他の奴らも、黄瀬クンみたいな性格だともう少しやりやすいんすけどねー」

「……まったくだ」

コート上に立った火神と黄瀬がはじめようとしたとき、

「おーい、テツどこ行ったか知んね？」

「へ？」

青峰に問われて周囲を見回す黄瀬と火神だったが、黒子の姿は見あたらない。

また見落としたか……と、火神が丹念《たんねん》に館内を見回していると、

「カゲトラさんが出た直後にいなくなったのだよ」

と緑間が言った。

「え？」

火神と黄瀬の驚く声がユニゾンする。

続いてふたりの脳裏に浮かんだ「黒子の行方《ゆくえ》」もまた、同じものだった……。


連絡をしてきたクラブに足を踏み入れた景虎は盛大に顔をしかめた。

店内に響くのは似つかわしくない下品な笑い声。

なかでも一際大きい笑い声は、おそらく奴——ジェイソン＝シルバーだろうと景虎は見当をつける。

ジャバウォックで一番の身体能力を誇る男、シルバー。ポジションはセンターで、身長二一〇センチメートル、体重一一五キログラム。その巨軀《きょく》から想像もつかないようなスピードで動き、圧倒的な高さまで跳躍し、想像を絶するパワーでゴールを決める。

人は彼を『神に選ばれた躰《カラダ》』と呼ぶらしい。

だが、たとえ『神に選ばれた』と言っても、品性は別のようだ。笑い声とともにガシャンとグラスの割れる音に景虎は通路を歩く足を速めた。

クラブの支配人に案内されてＶＩＰ専用の部屋に入ると、気配に気づいたのか、中央のソファに座っていた男がゆるやかに顔をあげた。

ジャバウォックのリーダー、ナッシュ＝ゴールド＝Ｊｒ《ジュニア》だ。

チーム内のポジションはポイントガード。とはいえ、基本はオールラウンダーであり、変幻自在のトリックプレイを得意とすることは、先のスターキーでの一戦でも明かだ。身体能力はシルバーに次いでナンバー2だが、トップクラスの選手であることには変わりない。景虎が研究用に見た過去のどのゲームを見ても、あきらかに底を見せていない謎の多い存在。

酔っているように見えながらも景虎に気づく冷静さもまた、シルバーの底知れなさを匂《にお》わせる。

景虎は溜息《ためいき》を無理やり飲みこみ、ジャバウォックのメンバーが座るソファへ歩み寄った。

ナッシュが目を細めた。

「おい、今日はなんだ？　子連れか？」

「はぁ？　何言ってやがんだ」

訝《いぶか》しむ景虎の言葉が終わるよりさきに、静かな声が隣から聞こえた。

「はじめまして」

ぎょっとして景虎が隣を見れば、そこには他でもない黒子が立っていた。

「お前、いつの間についてきたんだ⁉」

いつの間にもなにも、おそらく体育館からずっと後《あと》をつけてきたのは明白だ。目を丸くする景虎をよそに、黒子は臆《おく》した様子もなくゆっくりと口を開いた。

「黒子テツヤといいます。明日、あなたたちと戦うチームの選手のひとりです」

「……は？　なんの冗談だ、そりゃ」

「本当です」

ナッシュの問いかけに黒子が素直に答えると、ジャバウォックのメンバーは一斉《いっせい》に吹き出した。

「ガハハハハ！　なんだそりゃ、ありえねーだろ！」

「こんなのが相手じゃあ、確かに笑い転《ころ》げて負けちまうかもなぁ！」

「帰んな、ボクチャン。こんなとこにいるとママに怒られちまうぞー？」

と、シルバーが笑いながら立ち上がり、黒子の頭を荒々しく撫《な》でようとしたとき、

「なぜ……」

「？」

小学生にも見える少年がまた口を開いたので、シルバーもつい手を止めた。

一同の軽《かろ》んじた視線を一身に受けても、黒子はいつもと同じように背筋《せすじ》を伸ばし、静か

な声でナッシュに尋ねた。

「なぜサルがバスケをするなとか、あんなことを言ったんですか?」

「……ああ?」

笑っていたナッシュの顔が、豹変《ひょうへん》した。


同じ頃、イルミネーションが輝きだした夕暮れの六本木を激走する一団があった。

「アホか、あいつは⁉」

走りながら、もはや何度目かわからない罵詈《ばり》雑言《ぞうごん》を吐いたのは火神である。

「さすがにそれはないっしょ〜」

と常人よりも数倍の速さで走っているのに、のんびりと言うのは紫原だ。

「前科あるんスよ、実際!」

と黄瀬が焦《あせ》った声で返し、

「テツなら、ありうるな……」

と、青峰が走りながら溜息をつくという高等な技をみせる。

黒子を追って最初に体育館を飛び出したのは、火神と黄瀬のふたりだった。そのやけに慌てていた様子から異変を察した赤司が、緑間・青峰・紫原を連れて追いかけ、一行《いっこう》は六人となっている。

途中、火神たちから話を聞くことはできたので、いま何が起きようとしているのかを全員が把握していた。

ただ把握し理解はできたとしても、共感できるわけではない。

「だとしたら、信じられん奴なのだよ」

と、緑間は心底呆れたように言った。

会ったところで、どんな対応をとられるか、これまでの彼らの言動を考えれば容易に予想はつく。

それがわからない奴だったとは……と緑間は憤慨《ふんがい》しているようだが、赤司にしてみると、黒子はそれをわかったうえで行動しているように思えた。

ゆえに、よけいに危険とも言える。

「時々、本当に黒子はオレにも予想できないことをするね」

赤司はやれやれと小さく苦笑し、「とりあえず急ごうか」とリコが教えてくれた店へと向かった。

赤司が考えていた通り、黒子自身もこの行動がいかに危険かわかっていた。

けれど、それよりもなお譲《ゆず》れないものが、黒子にはあった。

「あなたたちから見たらボクたちのバスケはサルのように拙《つたな》く見えるのかもしれません」

ナッシュの殺意めいた視線を真《ま》っ向《こう》から受け止めながら、黒子は続けた。

「けど、たとえそうだとしても、なぜやめろと言われなくてはならないんですか。バスケをするのに資格なんていらないはずです！」

強く言いきった黒子の瞳には、揺るぎない覚悟が宿っていた。

間違いには「間違っている」と声をあげること。たとえ相手が誰であっても。

それが黒子の見つけた、黒子のバスケ。涙の果てに見つけた信念を、もう曲げるつもりはない。

「ああ……？　なんだテメェ、そんなこと言いにわざわざ……」

「シルバー」

黒子に詰め寄ろうとしたシルバーを、立ち上がったナッシュの手が止めた。

なんだ、と振り返るシルバーを下がらせて、ナッシュが黒子の前に立つ。

「サルが何を言いにきたかと思えば……」

「……？」

ドガッ！

「黒子!!」

景虎が叫び、黒子が飛んだほうへ慌てて振り向く。

ナッシュの突然の蹴《け》りをまともにくらった黒子は大きく飛ばされ、床に倒れていた。

景虎はすぐに「やめろ！」とナッシュと黒子の間に入ろうとするが、シルバーがさっと道を塞《ふさ》ぎ、近づけない。

「ゴホッゴホッ……」

黒子は痛む腹を押さえながら、どうにか上半身を持ち上げた。強烈な蹴りのおかげで呼吸するだけで痛みがはしる。

苦しさに顔をしかめていると、突然上へと引っ張られる力に体が揺さぶられた。

ナッシュが黒子の胸ぐらを摑《つか》み、無理矢理立たせたのだ。

「ゴチャゴチャ、ズレたこと言ってんじゃねぇよ。サルの主張なんて聞きたかねーんだよ」

ナッシュは拳を振り上げた。顔を殴《なぐ》られる、黒子が直感したとき。

突然、ナッシュが黒子をドンッと突き放した。

「！」

驚く黒子の視界に、風のごとく現われた人影があった。

火神だ。

「っ……！」

黒子を背後にかばい、火神はナッシュを睨みつけた。悔しさに噛みしめた歯がギリッと鳴る。ナッシュが黒子を殴ろうとしているのを目撃し、咄嗟《とっさ》に殴りかかったのだが、間一髪で躱《かわ》されてしまった。

怒りに牙《きば》をむく火神に代わって口を開いたのは、青峰だった。

「テメーら、ウチの仲間《チームメイト》になにしてくれてんだよ」

ドスのきいた低い声からは、彼の深い怒りが窺《うかが》い知れる。

彼だけではない。店に到着した他のメンバーたちも、思いは一緒だった。

そろって怒りの視線を向けてくる青峰たちに、シルバーはニヤリと嗤《わら》った。

「ほー……。どうやらお前らが明日の対戦相手らしいな。ちょっとはマシなサルが出てきたじゃねぇか。……けどまぁ、関係ねぇか。やんだろ？　ここでよぉ……」

怒りのあまり、握りしめた拳が震えだしている青峰と火神の様子に、シルバーはさらにニヤニヤと嗤った。

だが、いまにも爆発しそうな場に、ひとこと静かな声が響いた。

「……やめろ」

驚くほど理性的な声が、いまにも飛び出しかねないふたりを押しとどめる。

ナッシュが視線を向けた先に立っていたのは、理知的な顔をした小柄な青年。入り口付近にいた青年はゆっくりと自分たちのほうへと進んでくる。

「……赤司君」

黄瀬に介抱《かいほう》されていた黒子が歩いていく赤司に声をかけた。ケガをしてもなお、覚悟を捨てない黒子の表情を見て、赤司は安心させるように微笑んだ。

「わかっている。お前のことだ。選手ならば決着はバスケで、とでも言うのだろう」

「……はい。お願いします」

赤司は心得ているとでも言うように一度瞼《まぶた》を伏せると、青峰たちの傍《そば》へ歩み寄った。

「ここで殴り合っても無意味なだけだ。行くぞ、黒子の手当てが先だ」

「くっ……！」

「チッ……！」

火神と青峰が悔しげに顔を歪《ゆが》ませる。だが赤司の意見に反対する気はなく、踵《きびす》を返した赤司に続いた。

黒子を抱きかかえて店を出ようとする火神たちに、シルバーは大口を開けて笑いだした。

「ガハハハハハ！　なんだそりゃぁ！　わざわざくだらねぇこと言いにきて、蹴りもらってそのまま帰る？　間抜けなうえに腰抜けか！　だからサルなんだよ！　明日はチビってもいいように、せいぜい換《か》えのオムツをたくさん持ってくるんだな！」

唾《つば》を飛ばして笑うシルバーと同様に、他のジャバウォックメンバーも笑ったり、舌を出したりと冷やかした。

ギリリッ、と怒りに奥歯を噛みしめすぎた火神が、我慢できずに振り返ったとき、鋭いひと声が店内に響いた。

「黙れ、下衆《げす》が」

理性的な声だった。だが、それを発した赤司の表情は見る者を震えあがらせるほど、冷たい怒りに満ちていた。

振り返らずに彼は、言った。

「お前たちこそ首を洗って待っていろ。明日は地べたを舐《な》めさせてやる」

七人がジャバウォックへ正式に宣戦布告した瞬間であった。

試合開始

tip off

KUROKO'S BASKETBALL
LAST GAME

リベンジマッチの会場は一週間前の屋外コートではなく、さらに観客席の多い屋内コートが選ばれた。

数々の名ゲームが行われてきた会場は観客で埋《う》まり、一週間前のお祭りムードとは異なる熱気が会場全体に満ちていた。

マイクを通したＭＣの声が響き渡る。

「ジャバウォックの前代未聞《ぜんだいみもん》の侮辱《ぶじょく》から一週間！　そして誕生した高校生ドリームチーム！　『鏡の国のアリス』に登場する怪物Ｊａｂｂｅｒｗｏｃｋ《ジャバウォック》を倒す剣《つるぎ》に由来《ゆらい》した、その名もＶＯＲＰＡＬ《ヴォーパル》　ＳＷＯＲＤＳ《ソーズ》！」

ＭＣの声に合わせて、天井近くのモニターには、火神《かがみ》たちを紹介する映像が流れている。次々と映し出されるメンバーを見つめていた伊月《いづき》は、いよいよだな……と気を引き締めた。

一方、隣に座った小金井《こがねい》は別のことに感心していた。

「急に決まった再戦なのに、よく埋まったな！」

VORPAL
SWORDS
VORPAL
SWORDS
LEAF
PESSI

小金井《こがねい》はきょろきょろと超満員の客席を見回しながら言った。

前回はテレビで観戦した誠凛《せいりん》メンバーだったが、今回は全員で会場に来ていた。この試合だけは、どうしても自分たちの目で見たかったのだ。

ここに来た人たちみんなが同じ気持ちなんだろうな、と水戸部凛之助《みとべりんのすけ》が思っていると、

「日本でバスケをやってる人たち全員がバカにされたようなもんだからな。前回のあの試合中継を見て、みんなここまで観《み》にきてるんだと思うよ」

伊月が代弁するように言ってくれた。事実、伊月の言うとおりで、彼らは気づいていなかったが、会場には誠凛メンバーと顔なじみの選手たちの姿があちこちにあった。

東京《とうきょう》の秀徳《しゅうとく》、桐皇《とうおう》、神奈川《かながわ》の海常《かいじょう》の選手たちはもちろん、秋田《あきた》から陽泉《ようせん》、京都《きょうと》からも洛山《らくざん》の現役選手たちが今日のために会場に集《つど》っていた。

彼らの願いもまた同じだった。

「絶対に勝ってくれよな、みんな……！」

伊月は願いを託《たく》して、コートに立つ選手たちを見つめた。

コート上では選手たちが整列していた。

ジャバウォックのメンバーはもちろん前回と同様に、

4番　ナッシュ＝ゴールド＝Jr《ジュニア》　PG〔ポイントガード〕
6番　ニック　SG〔シューティングガード〕
7番　アレン　SF〔スモールフォワード〕
8番　ジェイソン＝シルバー　C〔センター〕
12番　ザック　PF〔パワーフォワード〕

ヴォーパル ソーズのスターティングメンバーは、

4番　赤司《あかし》征十郎《せいじゅうろう》　PG〔ポイントガード〕
5番　青峰《あおみね》大輝《だいき》　PF〔パワーフォワード〕
6番　緑間《みどりま》真太郎《しんたろう》　SG〔シューティングガード〕
7番　黄瀬《きせ》涼太《りょうた》　SF〔スモールフォワード〕
9番　紫原《むらさきばら》　敦《あつし》　C〔センター〕

居並ぶ「キセキの世代」を、シルバーは見下ろして笑った。

「よぉ、腰抜けども。オムツはちゃんと穿《は》いてきたか？」

シルバーの揶揄《やゆ》に、ニックたちが笑い声をあげる。

一方で青峰たちは固い表情のまま黙ってジャンプボールに備えてコートへと散った。

センターサークル内に立つ紫原とシルバーのもとへ、ボールを持った審判が歩み寄る。

両者の間で審判がボールを構えたのを確認したMCは、宣言した。

「試合開始《ティップオフ》――!」

グンッ!

審判が天井目がけてボールを投げ上げる。最高点に達したのち、落下するボールに二本の手が勢いよく伸びた。

バチィッ!

先に触れたのは紫原だった。

「お……!?」

意外な結果にシルバーが思わず声を漏らす。

紫原が弾《はじ》いたボールは赤司がキャッチした。

赤司はすぐさまドリブルで走りだす。だが、その先にはナッシュが待ち構えていた。

薄笑いを浮かべてボールを奪おうとするナッシュであったが、赤司はそれを巧みにかわし続ける。

これまた意外な手応《てごた》えをナッシュが感じていると、赤司が突然ターンをし、ゴールに背を向けた。

「……！」

はっとしたナッシュの目の前で、赤司はボールを背後へ放り投げる。

もしや……と予感とともに振り返れば、ゴール付近にはボールに手を伸ばして跳《と》びあがる選手の姿があった。

青峰だ。

ガゴォッ！

豪快なダンクにゴールリングが軋《きし》んだ音を響かせると、会場からは大歓声が湧きあがった。

開始早々の得点であることも充分にすごいが、ノールックのアリウープパスからのダンクという高度な攻撃は、選手同士の息が揃《そろ》ってなくては不可能だ。

昨日《きのう》までの彼らではなしえなかった。それを、一夜にして可能にしたもの――。

「英語わかんねーつーんだボケ。まあそっちも同じだろーから、プレイでわからせてやんよ」

闘志をみなぎらせる青峰が睨《にら》みつける先で、シルバーが顔を歪《ゆが》ませた。

続く、ジャバウォックの攻撃。

パスボールをキャッチしたニックはすかさずシュートを放つ。

だが、ゴール目がけて飛んだボールはジャンプした黄瀬の手によって弾き飛ばされた。

「なっ……!?」

予想を超える黄瀬の跳躍《ちょうやく》に、ニックは驚愕《きょうがく》に目を見開いた。さらに驚いたことにルーズボールをジャンプしてキャッチした赤司は、着地するより先にパスを繰《く》り出《だ》した。

息つく間もなく飛んだボールを受け取ったのは、走りこんできた青峰だ。

ゴールへと攻め上がる青峰の前にアレンが躍り出る。だが、アレンが体勢を整えるより先に、青峰はアレンの脇《わき》を走り抜けた。

(速い！　東洋人とは思えないぜ……！)

アレンが悔《くや》しげに振り向くと、ようやく追いついたザックが青峰の前に立ちはだかっていた。

手を広げて構えるザックの前で、青峰はドリブルしたままストップする。

「オイ、ストバス育ちはお前らだけじゃねーんだぜ」

「？」

日本語を解《かい》さないザックが怪訝《けげん》そうに眉《まゆ》を寄せる。だが意味はわからずとも、青峰の言いたいことはすぐに理解できた。

ザックを警戒するかのように背中側でドリブルをはじめた青峰であったが、突然ボールの床《ゆか》を叩《たた》く音がやんだのだ。

「むっ⁉」

ザックは青峰を睨みつける。青峰もザックから視線を外《はず》さない。

直後、ザックの背後でボールが跳《は》ねる音が響いた。

「な……⁉」

慌《あわ》てて振り向くザックの隙《すき》をつき、青峰は脇を駆け抜けるとボールを拾《ひろ》う。

自分《ザック》が青峰の手に集中した瞬間を狙い、自分《ザック》たちの頭上を越えるように背面《はいめん》投げをした、まさにストリートバスケの奥義《おうぎ》を見せつけられたのだとザックが理解した直後、青峰が豪快にリバースダンクを決めた。

「よおし‼」

順調な滑《すべ》りだしに、ベンチの火神《かがみ》がぐっと拳《こぶし》を握《にぎ》る。隣に座る黒子《くろこ》も頼《たの》もしげな様子でコートを見つめていた。

「パパ……！」

「ああ、出だしは文句なしだ！」

リコと景虎《かげとら》も申し分のない戦況に満足げに頷《うなず》き合う。

しかし油断はできない。赤司は厳しい表情のまま、もっとも油断ならない男を見つめていた。

「おい、早く出せ」

赤司の視線の先で、彼——ナッシュがエンドラインのニックにパスを要求する。ニックが慌ててボールをパスすると、キャッチしたナッシュはすぐさま攻《せ》めあがり、足を止めた。

赤司が構えていたのだ。

「……来い」

きちんと英語で挑《いど》んでくる赤司に、ナッシュが吐き捨てるように言う。

「サルが……！」

ダム、ダム、ダム、ダム！

右、左とナッシュの手によってボールが素早《すばや》く移動し、床を激しく叩きだす。苛《いら》つく表情に反して、ボールに荒さはない。一週間前にも笠松《かさまつ》たちを翻弄《ほんろう》した見事なドリブルさばきだ。

気を抜けば一瞬で抜き去られる高速の攻防戦。

けれど、赤司はナッシュの動きにぴたりとついていった。

(このゆさぶりにもついてきやがるのか……!)

無駄な動きがなく的確に見極《みきわ》めてくる赤司に、ナッシュは舌打ちをした。

「チッ……!」

ここは落ち着いてコートを見直すか、というようにナッシュが赤司から視線をそらした瞬間、
ブンッ!

ノールックのパスが赤司の隙をつき、コートの隅《すみ》へと飛んだ。

赤司がパスを出された……! 赤司をよく知る洛山メンバーが驚きに目を丸くする。だが事態はそれだけでは終わらない。ボールをキャッチしたのは、なによりあのシルバーだったのだ。

「アマいぜ! くたばれや!!」

シルバーが軽く跳び上がれば、そこはすでにダンク可能な高さだ。彼は楽々とボールをゴールへ叩きつけようとした。だが、ヴォーパル ソーズにも高さとパワーを誇る選手が

いる。

「はぁ〜〜〜？　どっちが？」

ブロックに飛んだ紫原がシルバーの手からボールを弾く。勢いよく転がるボールを拾ったのは緑間。

緑間はボールを構えると深く沈んだ。

シュートフォームの緑間に、アレンとニックは思わずにやついた。緑間が立っているのはエンドライン近く。めざすべきゴールは遥か二十八メートル先だ。

「はぁ？」

「んなところから何やって……」

小馬鹿にして笑うふたりに、緑間は冷たく言い放った。

「バカめ。今日のおは朝占い、一位は蟹《かに》座だ」

シュッ。

空気を切り裂くような音を鳴らし、緑間は宙高くシュートを撃《う》った。

ありえない高さを飛ぶボールを見守るように、ヴォーパル　ソーズのベンチにはテレビのリモコンが置かれていた。緑間が厳選した私物、ラッキーアイテムだ。

「さらにラッキーアイテム。万に一つも落ちるものか」

ボールがゆるぎない軌道《きどう》を描き、ゴールリングに触れることなく、垂直にネットを通過する。

緑間の代名詞とも言える超長距離3P《スーパーロングレンジスリーポイント》シュートが決まり、場内は大歓声に沸《わ》いた。

天井近くのモニターの点数表示が切り替わるに次いで、試合のタイマーがゼロとなった。

「ここで第一クォーター終了！　リードはヴォーパル ソーズ‼」


Jabberwock《ジャバウォック》 8対VORPAL SWORDS《ヴォーパルソーズ》 20。

天井のモニターに表示された点数では確かにヴォーパル ソーズの優勢だ。しかし、景虎はさほど悠長《ゆうちょう》にかまえてはいられない現状に表情を険《けわ》しくしていた。

（確かにいま、押しているのはウチだ。だが……）

イメージしていたものよりも点差がついていない。

さらに気にかかることがある。ヴォーパル ソーズのスタミナだ。

ベンチに戻ってきた五人にタオルやドリンクを渡しながら、桃井《ももい》は密《ひそ》かに驚いていた。

（第一クォーターでこんなに消耗しているみんなは、はじめて見る……。それほどの相手

なんだわ）

五人とも全員がベンチに深く腰掛け、吹き出る汗をタオルで拭《ぬぐ》いながら荒い呼吸を整えている。彼らが才能に目覚《めざ》める前から知っている桃井だが、このような光景は見た記憶がない。

このことは本人たちも自覚しているようで、黄瀬はふぅと軽く息をつくと言った。

「このメンツでなかったら、ここまでおさえられたかどうか。正直ビックリっスわーマジ」

「ああ……」

と、ドリンクを飲んでいた青峰が相づちをうつ。珍しく同意してきた青峰に黄瀬はおっと目を瞠《みは》るが、続く青峰の言葉は実に彼らしかった。

「最高だぜ。相手にとって不足なしだ」

闘志をみなぎらせ、すぐにでもコートに出たいというように片方の口角《こうかく》をあげる彼に、誰もが頼もしさを感じた。

もちろん黒子も頼もしさを感じていたひとりであったが、それとは別に気になることがあった。

「だからさ～……」

基本マークすんのはオレなんだけど～と面倒《めんどう》そうに言う紫原の頬《ほお》や首を、拭っても拭いきれない汗がつたっている。

人一倍疲労の色が濃い紫原の様子に、黒子はわずかに眉をひそめた。

一方ジャバウォック側のベンチでは、ヴォーパル ソーズのことが話題にあがっていた。

軽く汗を拭いながらナッシュは言った。

「驚いたぜ。想像以上にやりやがる。日本にもあんな奴らがいるとはな……。まぁ、やるっつってても、サルにしては、の話だがな。……なぁ、シルバー」

ナッシュが横目でシルバーを見遣《みや》ると、シルバーは「ああ……」と答え、飲み干したドリンクホルダーを握《にぎ》りつぶした。

「そろそろ教えてやるか、力の差ってもんを」

笑《え》みを浮かべるシルバーの足下に、無残な姿になったドリンクホルダーが転《ころ》がった。


第二クォーターがはじまって早々にシルバーは動いた。

「な、これは……!」

ベンチで見守っていた若松が思わず声をもらす。

パスボールを手にしたシルバーが向かった先は、青峰だった。

(オレとワンオンワンだぁ⁉　どういうつもりだ……⁉)

睨みつける青峰の表情から相手の疑問を察したシルバーが不敵《ふてき》に笑う。

(べつにお前を選んだワケじゃねぇ。誰でもいいんだよ)

ダムダムダムダム！

青峰を挑発するようにシルバーはゆるやかなドリブルで対峙《たいじ》した。だが直後に変調する。

右、左とゆさぶりをかけ、緩急《かんきゅう》を挟んで走りこむシルバーを青峰は捕らえきれない。

(速《はえ》ぇぇ！)

必死にくらいつく青峰だったが、ついにはシルバーの切り返しに翻弄され、抜かれた。

「バカな！」

ベンチの若松が叫んだ。

「青峰さんが抜かれた……！」

観客席の桜井《さくらい》も目を疑い、身を乗り出す。

青峰は高校生のなかで、いや日本で間違いなくトップクラスのスピードを持つ選手だ。

その彼が追いつけない姿は、桐皇のチームメイトであるふたりにとって、衝撃以上の衝撃だった。

フリー状態となったシルバーは場内をどよめかせながらゴールへ跳び上がった。もちろんゴール下の要《かなめ》、紫原が阻《はば》もうと跳び上がる。

「このっ……！」

紫原の伸ばした手が激しい音をたててボールを叩いた。ボールひとつを弾き飛ばすには充分以上の力を込めた手であったが、押し戻してくる力はそれを凌駕《りょうが》していた。

「なっ⁉」

紫原の瞳が大きく見開かれる。その様子にシルバーの口元が快感に緩《ゆる》んだ。

ドガァァ！

激しい音が場内に響いた。シルバーの手がボールを通して紫原自身を吹っ飛ばしゴールを決めたのだ。

床に倒れた紫原のそばに、ネットを通過したボールが転がった。

誰よりも力《パワー》を誇る紫原がたったひとりの選手に押し負ける。いままでに見たことのない光景に、「キセキの世代」の面々さえもが目を瞠る。

「まさか、アツシが……⁉」

紫原のチームメイトである氷室《ひむろ》も呆然《ぼうぜん》とコートを見つめた。

「ウソ、だろ……」

呟《つぶや》く伊月の背筋《せすじ》を冷たい汗がつたう。

〝脅威《きょうい》〟の一言ではおさまりきれない力。それを体現したものが、コートに立っている。

もはや観客席からはどよめく声もあがらず、奇妙な静けさに沈む場内にシルバーの声が響いた。

「オイオイ、ちょっとやる気出しただけで、これかよ。つくづくサルは貧弱《ひんじゃく》でまいるぜ！ケガしねーように気をつけてやらねぇとな!!」

ははははは……と天井を仰《あお》いで笑うシルバーに、青峰たちは眦《まなじり》を決する。

このままやられっぱなしでいられるか。

ヴォーパル ソーズのメンバー全員が気持ちを同じにするが、シルバーの猛撃は続いた。

次に防がれたのは赤司だった。

「おらっ！」

「!?」

絶好のポジションから撃ったジャンプシュートをシルバーに阻まれ、赤司が軽く瞠目《どうもく》する。

(想定外の距離から追いつかれた……。この瞬発力は……！)

シュートの直前、赤司はマークフリーだった。絶好のチャンスだったがシルバーを警戒し、距離を取るように後方へジャンプしながらシュートしたのだ。なのに追いつかれた。

つまりシルバーは、赤司がシュートを撃つ体勢に入るのを見てから走ってきたことになる。

巨漢の重さを感じさせない強靭《きょうじん》なバネの仕業《しわざ》といえるだろう。

そして強靭なバネが生み出すのは瞬発力だけではない。

ルーズボールを拾ったナッシュからボールを受け取ると、シルバーはゴール目指して駆けだした。

すぐにあとを追いかける緑間と黄瀬であったが、

(くっそ……マジっスか⁉)

徐々に遠ざかっていくシルバーの背中に黄瀬は歯ぎしりをする思いだ。

相手はドリブルをしているというのに、黄瀬も緑間も追いつける気配がない。

必死の形相《ぎょうそう》で走る日本人ふたりを振り返り、シルバーは笑った。

「なんだよ、それで全速力か？　しょうがねぇな……じゃあ、指くわえて見てな!!」

ドンッ!　シルバーの足が叩くように床を蹴り、巨体が宙へと浮かぶ。

「フリースローラインから跳んだ⁉」

シルバーが踏みきった位置に気づいた伊月が叫ぶ。フリースローラインからゴールまでおよそ六メートル。シルバーはまるで宙を歩くようにゴールへと飛んでいく。

レーンアップを決めるのか⁉　誰もが固唾《かたず》を呑《の》んで見守るなか、それだけではないことに景虎がいち早く気づいた。

「しかもこれは……！」

まさか……と驚愕する視線の先で、跳び上がったシルバーはボールを持った両手を大きく一回転させると、なお余る勢いをぶつけるようにゴールリングへボールを押しこんだ。

ドガガンッ！

激しいダンクと、ダンクを決めたシルバーがぶら下がったことでゴールポスト自体が悲鳴のような軋《きし》みをあげる。

「ボースハンドのウィンドミルダンク……⁉」

ベンチで見守っていた火神が信じられないというように呟いた。

「……火神君？」

黒子の問いに、火神はごくりと息を呑むと言った。

「両手持ち《ボースハンド》ってのは、片手持ち《ワンハンド》より力《パワー》が出る代わりに高さが出ねぇ。それでレーンアップからのウィンドミル……。あんな離《はな》れ業《わざ》、オレもやったことねぇ……」

とても人間技とは思えない。だが、疑いようがないくらいに衆目《しゅうもく》の面前でやりとげたのが、シルバーだ。

「見たか、サルども！　お前らには一生できない芸当だろう⁉　努力なんかじゃ埋められない絶対的な力の差なんだよ！」

両手を広げて声高らかに笑うジェイソン＝シルバー。

『神に選ばれた躰《カラダ》』を持つ彼こそ、コートの絶対王者であった。

「さあて、やべーな。向こうもいよいよ本性出してきやがっった」

ヴォーパル　ソーズが取ったタイムアウト。ベンチに戻った五人を前に景虎は顎《あご》を撫《な》でながら言った。

タイムアウトを取る直前までシルバーの独壇場は続いた。ここで流れを変えなくては一気に押しきられるのは目に見えている。

天井のモニターに表示された点数は、

Jabberwock《ジャバウォック》 33 対 VORPAL《ヴォーパル》 SWORDS《ソーズ》 24。

「紫原君……大丈夫ですか？」

「んー、ヨユーだけど～？」

心配する黒子に、レモンスライスをもぐもぐとほおばった紫原はむっすーと唇《くちびる》を尖《とが》らせて答えた。

「けどアイツ、ムカツク～。ぜーったいヒネリつぶしてやる～～」

いつもと変わらない雰囲気の紫原であったが、じっと観察していたリコはひそかに眉を寄せた。

紫原の消耗が激しすぎる。ポジションを無視して暴れまくっているシルバーだが、基本のマークは紫原であることには変わりない。だが紫原を温存しようと引っこめれば、大きな穴が空《あ》くことは確実だ。

このことはもちろん景虎も充分わかっていた。

「今の五人はバランスはいいがシルバーを止めるにはちと馬力不足だ。メンツを変えるぞ。赤司・緑間アウト。黒子・火神インだ」

景虎の指示に、すぐさま紫原が抗議の声をあげた。

「ちょっと～それってさぁ～～」

「お、さすが察しがいいな」

立ち上がって抗議する紫原に、景虎はニヤッと笑う。その笑顔はまるでイタズラを仕掛けるわんぱく坊主のようだった。

「火神を入れてインサイドを強めたのはそのためだ。黄瀬、赤司の代わりにボール運びを。お前の器用さがあればできるだろう」

景虎の指示をうけ、黄瀬は小さく頷《うなず》く。けれど、やはり紫原は納得できないようで、

「いや、じゃなくて〜あんな奴、オレひとりでも……」

「紫原。監督の指示に従え」

なおも言い募《つの》ろうとする紫原を止めたのは、赤司だった。

不満げに振り向いた紫原に、赤司は立ち上がると言った

「お前ひとりでは勝つのは無理だ」

「はあ⁉」

「今はまだ」

「………」

紫原の表情から苛立ちが消えたのを見届け、赤司が続ける。

「もし違うと思えばオレも反論する。だが今は監督の判断がベストだ。……なにより、ひとりの勝利とチームの勝利。どちらが大事かなど、もう痛いほど知っているだろう」

「……………」

返事はなかったが、言い返さないことが紫原なりの答えだと知っている赤司は静かに微

笑した。


タイムアウト後、ゲームはジャバウォックの攻撃で再開された。

ボールをキープするナッシュを見つめていたザックであったが、コートに黒子の姿があるのに気づくとアレンに言った。

「ぷはっ！　昨日《きのう》店に来たガキ、マジで出てやがるぜ」

「……あ？　うぉ、ホントだ！」

「つうか、リスタートしてもすぐに気づかねーってどんだけショボいんだよ⁉」

ゲラゲラ笑う声が黒子の耳にも届いていた。けれど黒子の表情は揺るがない。全神経を集中してジャバウォックメンバーの動きと彼らの死角を追っていた。

その視線の先で、ボールがシルバーへと渡る。

シルバーは余裕の表情を浮かべ、ゴールへと振り返ろうとした。

「あん？」

異変を感じ、シルバーが肩越しに背後を見遣る。そこには己の侵入を阻む紫原の姿があった。

かまわず押し進もうとさらに力を込めるが、紫原はびくともしない。

（こいつ、パワーが上がってる……と言いてぇが、押し返すのに全力を使っちまってるだけだろーが。そんなんで、オレ様のスピードに反応できるわけねぇだろうが!!）

シルバーから押される力が突然消え、紫原はハッと身構える。予想通り、シルバーはターンをすると紫原の右を抜きにかかった。

「っ！」

紫原はすぐさま追いかけた。が、それこそがシルバーの狙い《フェイク》。紫原の空いた左側を高速のドリブルがすり抜けていく。

悔しさとともに紫原が振り返ったときには、シルバーはダンクをしようと跳び上がっていた――が、

「まだだあ！」

絶対王者がゴールに叩きつけようとしたボールを、跳び上がった火神の手が捕《と》らえる。

「火神!!」

観客席で見守っていたチームメイトの降旗《ふりはた》が思わず歓声をあげた。

（なんだコイツは……!?　オレ様と同じくらい跳ぶだと……!?）

自分の視界を遮《さえぎ》る新たな選手の姿にシルバーもわずかに目を瞠る。しかしそれも一瞬のこと。

「だが、ひとりで止められると思ってんのか、バカが！　死にやがれ!!」

シルバーは吼《ほ》えるように叫び、腕に力をこめる。火神の手が一気に押し戻される……。

「誰がひとりつったよ。そのバカだけじゃ無理に決まってんだろーが」

「はぁ!?」

バカ呼ばわりされてカチンッとする火神の背後で、床を蹴って跳び上がったのは、青峰。

「しょーがねーから手伝ってやるよ」

なんだそりゃ、と睨む火神の腕に交わるように青峰の腕が伸びた。

シルバーの目が今度こそ大きく見開かれる。

「ふたりだよ!!」

青峰の力と火神の力。ふたつの力が合わさり、絶対王者の手からボールを弾き飛ばす。

「よっしゃぁ！」

「止めたぁぁ!!」

観客席の福田《ふくだ》と河原《かわはら》が喜びの声をあげ、また他の観客たちからも怒濤《どとう》のごとく歓声があがる。

そしてヴォーパル ソーズの仕掛けは、これだけでは終わらない。

ルーズボールを拾った紫原はゴールへと走りだした黄瀬ではなく、サイドラインへ向けてボールを投げた。

「はっ！　なんだぁ？　そんなとこ誰も……」

パスミスかよ、と笑うニックであったが、ナッシュの視界は別の情報を捉えていた。

（コイツ、いつの間にそんなところに……!?）

ナッシュが見たもの。それは誰もいなかった場所に忽然《こつぜん》と現われた選手が、見たこともないポーズでパスボールに備える姿だった。

このポーズこそ仲間たちの窮地《きゅうち》を何度も救い、仲間たちが信頼する彼独自の技。力をこめるように半身を引いた彼——黒子はボールを見つめたまま言った。

「反撃開始だ！」

ドォッン！

黒子の放った加速する《イグナイト》パス・廻《カイ》がコートを縦断《じゅうだん》し、先行していた黄瀬に届く。

「ナイスパス、黒子っち！」

黄瀬は笑顔でキャッチすると、誰もいないゴールへと走った。が、

「っ!?」

異変に気づいて急ブレーキをかけ、前方を睨んだ。誰もいなかったはずの場所にナッシュが立ちはだかっている。黄瀬を追い越して、前へと回りこんできたのだ。

「戻り早《はえ》ぇ！」

ベンチの若松がナッシュのスピードに舌を巻く。

黄瀬はちらりと後方を見遣った。そこには青峰が走ってきている。さらに後ろには青峰をマークしていたアレンの姿があった。

アレンとしても、ここはなんとしても青峰を抑えておきたかった。さっき青峰にシルバー妨害を許してしまったミスを挽回《ばんかい》しなくてはいけない。

（今度は逃がすかよっ！）

固く決意して走るアレンであったが、当のシルバーはどうしたのだろうかと気になって振り返れば、ゴール下でまだ佇《たたず》んでいる巨漢の姿が見えた。

（シルバー、まだあんなとこに⁉）

アレンはぎょっとするが、同じ光景を見たナッシュは「チッ」と舌打ちする。

（こういうとき戻りが遅《おせ》ぇのが、あのバカの悪いクセだ）

おかげで先回りできたのはナッシュとアレンだけ。黄瀬と青峰と対峙《たいじ》し、二対二の構図となった。

立ちはだかるナッシュとアレンを前に、黄瀬が青峰にチラリと視線を送る。

(パスか⁉)

アレンはパスに備えて青峰との距離を詰めようとした。だが次の瞬間、黄瀬は青峰とは逆の方角へボールを投げた。

「な……⁉」

アレンが慌ててボールを目で追う。その瞳にパスボールをキャッチしようと走りこんでくる火神の姿が映った。

「いいや……三対二だ!」

ボールを受け取った火神はナッシュたちの脇をすり抜け、ゴールへ跳び上がる。

「らぁ!!」

威勢のいい声とともにボールがネットを通過する。

「うおおお! 火神――!!」

客席の誠凛メンバーは手を叩いて盛りあがり、ベンチの高尾《たかお》たちも思わずガッツポーズをとって喜んだ。

「よおし! いいぞぉ!!」

「黄瀬ポイントガードもいけるな! みんな息ぴったりだ!」

若松が頼もしげに言うと、高尾も大きく頷いた。そんなふたりの耳にコート上の青峰の罵声《ばせい》が届く。

「オイ黄瀬！　テメェ、なんでパスこいつなんだよ！」

「青峰っち、マークついてたじゃないっスか！」

「オレが決めちゃワリーのかよ！」

決めたにもかかわらずぎゃんぎゃんと口論する様子に、若松はすぐさま付け加えた。

「たぶん！」

一方、黄瀬に裏をかかれたアレンは忌々《いまいま》しげに舌打ちをすると、立ち尽くしたままのシルバーに詰め寄った。

「おいシルバー。ショックなのはわかるが、ディフェンス戻れよ。お前なら間に合ったんじゃねえのか？」

「……ああ？」

振り向いたシルバーの形相にアレンはゾッと体を震わせた。居合わせたニックも思わず凍りつく。それほどにシルバーの顔は怒りに歪んでいた。もはや先刻までの王者の余裕はなく、プライドを傷つけられたことへのどす黒い怒りが、シルバーの形相を鬼気《きき》迫るものへと変えていた。

「いいからとっととボールよこせや。ぶっつぶしてやる……！」

低い声で言うシルバーに、アレンたちは返事をする勇気もない。小さく頷くのみで、ゲームが再開するとすぐにボールはシルバーへと回った。

まずはダンクで虫けらどもを蹴散らしてやる。シルバーは豪快に振り返ろうとした——けれど、

「ああ、やだやだ……コイツと協力とか……。勝つためにしかたなくだかんねー」

「お前ら黙って合わせらんねーの⁉」

ぎゃんぎゃんと口論をしながらも紫原と火神がシルバーの動きを防ぐ。

「このっ……！」

「よこせ、シルバー！　フリーだ！」

見かねたザックがパスを要求しながら走りこんでくるが、シルバーはギロリと睨み返した。

「ああ⁉　この程度でオレ様がやられるわけねぇだろうが！　手助けなんざいるかよ‼」

グルゥッ！

速さを武器に火神と紫原を抜いたシルバーは、ゴールを目指《めざ》して駆けだす。

「だろーな。テメーはパスしねえと思ったよ」

バシィ。

シルバーの動きを先読みして備えていた青峰が、シルバーの手からボールを奪いさる。

「チョロいぜ、単細胞が！」

「クソザルがぁ！」

シルバーが叫ぶ声を背中に聞いて走る青峰の前に、今度はザックとアレンが立ちはだかった。

（まとめてぶち抜いてやる！）

青峰の口元に好戦的な笑みが浮かんだとき。

「青峰君！」

黒子の呼びかけに、青峰がしゅんっと残念そうに眉を下げた。その一瞬の変化にザックたちが構えた瞬間、青峰がボールを手放す。

「わっ……と」

無造作《むぞうさ》に跳んできたボールを黒子は体勢を崩《くず》しながらもキャッチした。

（いつの間にあんなところに……!?　さっきからなんなんだ、コイツは!?）

目の前でボールをキャッチされ、ニックは目をしばたたかせる。忽然《こつぜん》と姿を現す、この小さな日本人のからくりがまったく理解できない。

戸惑《とまど》うニックの前で、黒子はさらに見たこともないフォームをとった。

片手でボールを持つと大きく体を回転させる――回転長距離パス《サイクロン》。

空間を裂くような音を立ててボールはまたもコートを縦断した。

バシィッと小気味《こきみ》のいい音を立ててボールを受け止めたのは、黄瀬。

「毎度さすが、黒子っち！　そんで、今度はオレが魅《み》せる番っスよ！」

黄瀬は軽快な走りでコートを蹴って跳び上がると、ボールをゴールへ叩きこんだ。

「決まった――！　ヴォーパル　ソーズ、連続得点ー！」

興奮したＭＣの実況に場内から歓声があがる。

拍手と歓声をうけながら、黒子はふぅと溜息《ためいき》をついた。

「青峰君、パス下手《へた》すぎです。ビックリしました」

「なっ、通ったからいーじゃねーか！」

青峰がすかさず言い返すが、いやいやと火神は首を振った。

「今のは黒子のおかげだろ」

「峰《みね》ちんヘター」

のんびりとヒヤかす紫原に青峰が「うっせーよ」と反論する。

そんな彼らに黄瀬が訴えた。

「誰かオレのダンク、ホメてほしいっス！」

わいわいと和《なご》やか（？）に話すヴォーパル ソーズに対して、ジャバウォックのメンバーの顔は険しかった。

対照的な雰囲気のまま、第二クォーターが終了する。

Jabberwock《ジャバウォック》 40対 VORPAL《ヴォーパル》 SWORDS《ソーズ》 36。


ガガガンッ。

激しい音をたててスチールの椅子《いす》が床に転がった。

「クソザルどもが～～……後半ただじゃおかねぇぞ！」

椅子を蹴り飛ばしたシルバーであったが、それだけでは怒りはおさまらず、さらなる椅子を蹴り飛ばそうとしたとき、

「シルバー」

「ああ⁉」

ナッシュに呼ばれて振り向いたシルバーは、ギクリと身を強《こわ》ばらせた。

「少し黙れ」

冷たい氷のような眼差《まなざ》しで睨まれ、シルバーは上げていた足を下ろす。

視線だけでシルバーを黙らせたナッシュは、無事だった椅子に腰をかけると言った。

「まぁ、安心しろ。後半はもっと暴れさせてやる。要はディフェンスを散らしてやりゃあいいだけだ。オレが風通しよくしてやるよ」

はっきり断言するナッシュの笑みは、強者独特の余裕を滲《にじ》ませていた。

「よくわかんねーけど、とりあえずおさまったみたいだな……」

ヴォーパル ソーズサイドのベンチから、対岸の騒ぎを見守っていた日向《ひゅうが》が視線を戻しながら言った。

「まったく……キレ方も向こうは迫力が違うぜ」

若松が溜息をつくように言うと、うっせーだけじゃんと青峰が興味なさそうに言った。

(まぁ、あちらさんがキレたくなる気持ちもわかるけどな……)

高尾はベンチに座る即席のチームメイトたちを見回して、こっそりと思う。

サルのように見下していた相手に、前半戦をわずかの二ゴール差で抑えられたのだ。憤慨レベルもマックスだろうよ、と高尾が考えていると、景虎が口を開いた。

「よぉし、オメーら。前半は上出来だ。後半もこのままいくぞ！　だが気は抜くなよ。こんなもんがヤツらの全力なはずがねぇ。本当の勝負はこっからだ！　いいな！」

「おおう！」

一同が声を合わせて応える。

景虎からの指示は以上で、残りの時間はアイシングやドリンクを飲むなど、それぞれがそれぞれのやり方で休憩を取った。

インターバル中、観客を飽きさせないために天井のモニターには前半戦のハイライトが映し出された。

そのモニターを見上げていた緑間は、ナッシュのプレイが映し出されると、ぐっと注視した。

（それにしてもナッシュ＝ゴールド＝Ｊｒ《ジュニア》……あの凶暴なジェイソン＝シルバーを一瞬で静かにさせるとは……）

緑間が警戒するように反対のベンチを見遣れば、ナッシュがメンバーに指示を出しているところだった。ナッシュの指示に誰もが神妙な顔で頷《うなず》いている。自由奔放そうなチームに見えて、実は統率がとれているのは、間違いなくナッシュの圧倒的な実力によるものなのだろう。

（……いったい、どれほどの選手なのだよ）

緑間は警戒の色を強める。そしてそれは緑間だけではない。
同じポジションである赤司もまた、警戒するようにナッシュを見つめていた。

反撃の狼煙

Counter Rockets

KUROKO'S BASKETBALL LAST GAME

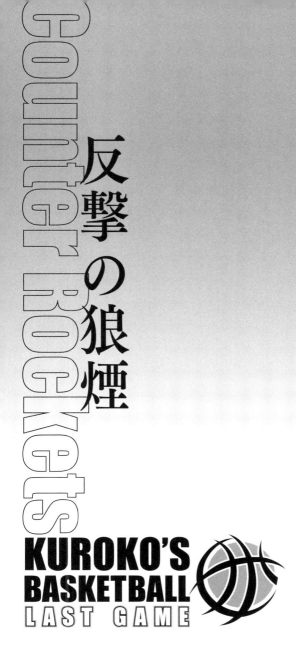

十分間のインターバルのあと、はじまった第三クォーター。

再度コートでまみえたナッシュに、ヴォーパル ソーズのメンバーは総毛立《そうけだ》った。

(来る……! ナッシュのヤロー、前半とはあきらかに雰囲気が違《ちげ》え……!)

火神《かがみ》がごくりと喉《のど》を鳴らす。

対峙《たいじ》する黄瀬《きせ》も、前半とはまるで違うナッシュからのプレッシャーを感じ取り、一気に集中力を高めて警戒モードで構えた。

コートにぴんっと緊張の糸が張り詰める。

ナッシュがゆっくりとボールを弾《はず》ませ、ふわっと動いた。

「!!」

はっと黄瀬は目を見開いた。その耳に、背後でボールをキャッチする音が届く。

「なっ……?」

慌《あわ》てて振り向けば、ボールは背後のアレンへと渡っていた。

一瞬の出来事に紫原《むらさきばら》が息を詰める。

（黄瀬ちんはいま間違いなく全神経張り詰めて備えてた。なのに）

反応すらできなかった。

攻防戦《こうぼう》にすらならなかった事態に、ヴォーパル ソーズの対応は遅れた。

「ちっ！」

ボールを持ったアレンに青峰が慌てて詰め寄るが、それより先にアレンがシュートを放った。

シュパッ。

ゴールが決まり、アレンが天井に向けて拳《こぶし》を突き上げた。場内はどよめいた。

「なんだ、今のパスは……」

観客席の早川《はやかわ》は目を擦《こす》り、身を乗り出した。

「一瞬でボールがフリーの選手に……」

桜井《さくらい》も脳内でプレイを再生させるが、何が起きたのか納得できる答えが見つからない。

そして誰よりも、対峙した黄瀬が戸惑《とまど》っていた。

（速いとか、そういうレベルじゃない。まったく見えなかった……！ 予備動作が、ない
……!?）

人が速く動いたり、大きな力を出したりすれば、その直前、かならず反動や勢いをつけ

PESSI
VS

るための動きが入る。それが予備動作である。

高速スポーツの攻防は相手の動きを見てから反応するのでは遅い。相手のわずかな予備動作を見逃さず、それに反応しなければ間に合わなくなる。けれどナッシュの動きにはその予備動作がまったくないのだ。

ストリートの選手らしくない高度なテクニックにヴォーパル ソーズは苦戦を強《し》いられた。

「ひるむな、決め返してやれ！」

ベンチから日向《ひゅうが》の声援が飛ぶ。ボールはまさに黄瀬から黒子《くろこ》へ回ったところだった。

「相手の意表をつくパスなら、うちが専売特許だ！」

日向の応援をうけて、黒子の加速《イグナイト》するパスが炸裂《さくれつ》する。

続いて、ゴールへと飛んだボールにアリウープを決めようと火神が跳び上がった。

「うぉぉぉぉぉぉぉ！」

息の合ったコンビネーション。スムーズな連携は瞬《また》く間にゴールを決める、はずだった。

バチィ！

火神がゴールへ押しこもうとしたボールを、横からの力が叩《たた》き弾《はじ》く。シルバーだった。

「そんなっ……!?」

ベンチのリコが思わず身を乗り出す。

いまのシーンで視線誘導《ミスディレクション》はきちんと機能していた。完全に相手の虚《きょ》をついたパスであったにもかかわらず、シルバーは追いついてみせた。

（シルバーの反射速度はふたりの連携を上回るの⁉）

ルーズボールはザックに拾《ひろ》われた。

ザックはすぐさま攻め上がり、ナッシュとシルバーも続く。その前に立ちはだかるのは、黄瀬・青峰《あおみね》・紫原。

「カウンター！　三対三だ！」

一転した状況に観客も身を乗り出して見守る。ボールはザックからナッシュへ。

（今度こそ……！）

対峙する黄瀬は神経を研《と》ぎ澄《す》ました。

バチッ。

そんな彼を嘲笑《あざわら》うように、背後のシルバーへパスが回る。

「くそっ！」

黄瀬は慌てて振り返るが、もう遅い。青峰も踵《きびす》を返すのが精一杯だった。

（ヘルプ間に合わねぇ！）

青峰の視線の先。シルバーと対峙するのは紫原、ただひとり。

火神がいなくても止めてやる、と紫原は眦《まなじり》を決し、ゴールへと跳び上がったシルバーを追って、自分もコートを蹴った。

だが空中に跳び上がった直後、紫原は愕然《がくぜん》とした。

（ちょっと待て、ふざけんな。まさか前半あれでまだ全力じゃなかったのかよ……!?）

眼前で伸びあがるシルバーの圧力《プレッシャー》はこれまでとは段違いだった。紫原は必死に抗《あらが》うが、間に合わない。

「うお〜〜〜〜！」

雄叫《おたけ》びをあげてシルバーはダンクを決めた。

「くっ！」

圧倒的なパワーに弾き飛ばされ、紫原がコートに倒れる。額《ひたい》に痛みを感じて手をやれば、ぬるりと生温《なま》かいものに触れた。いまの接触で額《ひたい》を少し切ったようだ。

「くそっ……」

紫原の負傷に審判がレフェリータイムを宣言する。

傷の手当てのために試合が一時中断されたが、火神の神経は休まるどころか、緊張が高まる一方だった。

いまの一戦で火神は確信したことがある。

(いよいよやべーぜ……！　この感じ、間違いない！　それもオレたちとは別格の……「野性」！)

火神が警戒して見つめるのは、まるで体の奥底に秘めておいた蓋《ふた》を開け、あふれはじめた力《パワー》を体になじませるように呼吸を繰り返すシルバー。

彼の爛々《らんらん》と輝く瞳は獲物を狙う野獣のごとく。否《いな》、野獣どころではない。それよりももっと凶暴な生き物を連想させた。

そしてそれを飼い慣らし、暴れやすくするために道を整えてやったのはナッシュだ。

「さすがにサルでも、もうわかったろう？」

ナッシュの言葉に、火神たちはギロッと睨み返す。けれど、現状においては負け犬の遠《とお》吠《ぼ》えのごとき睨みは、ナッシュの笑《え》みを深めるだけだった。

「お前らがあの手この手であがこうが、オレがちょいとパス出しゃ、終わりなんだよ。シルバーを止めようとすりゃ、他が止められねぇ。他を止めようとすりゃ、シルバーが止められねぇ。要は基本的に、格が違うんだよ」

ナッシュの言葉に反論する者はいなかった。彼が指摘したことはある意味、事実だ。

ジャバウォックのリーダーは、今度は観客を見回した。悔《くや》しげな者、不安げな者、さまざまだが、すべてはナッシュが思い描いた通りの表情をしている。彼は満足げに笑った。

「ここからは歯ぎしりしながら思う存分絶望してくれ」

宣言通り、ここからジャバウォックの独壇場が始まる。

ナッシュの見えないパス。

シルバーの圧倒的なプレイ。

このふたりを中心にジャバウォックはヴォーパル　ソーズを翻弄《ほんろう》し、みるみるうちに点差は開いていった。

十年にひとりと言われた天才たちが揃《そろ》った「キセキの世代」。彼らが力を合わせても敵《かな》わない姿に、観客からは祈るような声が漏れ出す。

「頼む……止めてくれ」

「この開き続ける点差を……誰か……！」

第三クォーター中盤、Ｊａｂｂｅｒｗｏｃｋ《ジャバウォック》　61対　ＶＯＲＰＡＬ《ヴォーパル》　ＳＷＯＲＤＳ《ソーズ》　42。

点差は19。

景虎が黒子と赤司《あかし》の交代を指示したとき、若松《わかまつ》は思わず景虎にくってかかった。

「やっとメンバーチェンジって、もっと前に何か手はなかったんすか⁉」

「そっすよ」

と高尾《たかお》も抗議する。

「赤司のパスは自分以外もゾーンに入れることができるはずだ。あいつら全員ゾーンに入れれば……」

もっと点差を抑えられたんじゃないかと訴える高尾に、景虎は首を振った。

「それはできねぇ。いまそれをやっても最後まで保《も》たねぇ」

「それじゃあ、どうやっても……」

日向《ひゅうが》が唇《くちびる》を噛《か》み、悔しげにコートを見遣《みや》る。

だが、コート上の赤司は涼しげな表情で言った。

「いや、手はある。まだお前たち全員をゾーンに入れることはできない。だが差をこれ以上広げないためには奴らの攻撃を止めなければならない。――まず、ナッシュにはオレがつく。そしてシルバーは……」

赤司の語った作戦に、火神は思わず耳を疑った。

それほどに彼の提示した作戦は意外で、かつワクワクするものだった。

ピッ。

審判のホイッスルの音とともにゲームが再開されると、コート上の様子《ようす》は微妙に変化していた。

「なんか……さっきまでとは……」

客席の小金井《こがねい》が首を捻る。赤司が入って陣形《フォーメーション》が変わったからではない。むしろ変わったのは……と小金井はゴール前に並ぶ青峰と黄瀬を見つめた。

「まさかオメーとダブルチームする日がくるとはよ」

「いやぁ……人生何か起きるかわかんないっスねぇ」

ふたりはいつものように軽口を叩いている。けれど、彼らが内に秘めた熱量を急速に加速させていることは、周囲の選手たちにも感じ取れた。

「足、ひっぱんなよ」

「あいよっス」

軽口はそこまでだった。ふたりの目つきが変わる。

（なんだコイツラ……急に雰囲気が変わりやがった……！）

青峰と黄瀬の両者に見つめられ、シルバーがぴくりと警戒を強めた。いままでに見たこともなく感じたこともないプレッシャーだった。

歴戦の彼が訝《いぶか》しむのも無理はない。なぜなら、いままで誰も対面したことのないダブルチームが誕生したのだから。

バスケに愛された青峰だけが可能とする技〝ゾーン強制解放〟。

無限の進化を遂げる黄瀬がたどり着いた境地〝完全無欠の模倣《パーフェクトコピー》〟。

ふたつの際《きわ》だった才能が魅《み》せる、究極のダブルチーム。

「なにもう勝った気でいんだ、脳筋《のうきん》ヤロー。こっからだぜ、本番はよ！」

宣告するように青峰が吼《ほ》え、ふたりは駆けだすと一気にシルバーとの距離を詰めた。

「ぐっ、おおおお！」

並々ならぬプレッシャーに押され、シルバーが唸《うな》る。右へ左へ、シルバーは大きく揺さぶりをかけるが青峰と黄瀬はぴたりとくらいつき、さらにはボールを奪おうとする攻防戦が繰り広げられ、シルバーは進むことも退《ひ》くこともままならない状態に追いこまれた。

眼前の激しい攻防戦にザックは舌打ちをした。

（いったいどうなってやがんだ、コイツら！）

いままで考えたこともなかったシルバーの窮地《きゅうち》に、すぐさまヘルプに入ろうとしたのだが、いままでとはまったく違う青峰と黄瀬の動きについていけず、歯噛《が》みをするばかりだ。

「すげぇ……」

観客席の小金井の思わず漏らした呟きに、土田が大きく頷いた。

「最強タッグの超必殺ダブルチームだ。突破はおろかボールキープだってできるもんか！」

事実、シルバーは進むことよりもボールを奪われないことに集中していた。

そして、その事実がシルバーのプライドを大きく傷つけた。

「こ、のっ、うざってぇんだよ、クソどもがぁ！」

苛立ちでパワーとスピードを増大させ、シルバーが黄瀬の脇《わき》をすり抜ける。

抜かれたっと誰もが息を呑んだ瞬間、シルバーの前に青峰が立ちはだかった。

「……っ！」

シルバーは急ブレーキをかけた。置き去りにするはずのスピードだったのに追いついてきた青峰《サル》に、苛立ちで視界が赤く染まりそうになる――直後。

バシッ！

シルバーは大きく目を見開く。指先に馴染《なじ》んだボールの感触が消えていた。

黄瀬がバックチップでシルバーからボールを奪い取ったのだ。

「いよっしゃー!!」

日向がガッツポーズをとって叫ぶ。

青峰の動きを思わせる鮮《あざ》やかなバックチップもさることながら、ふたりの連携も見事なものだった。

黄瀬がわざと抜かせたことに気づいた青峰がすかさずフォローに入り、シルバーが青峰に気を取られた瞬間に黄瀬がバックチップでボールを奪う。まるで何度も練習を積んだかのような見事な連携を、ふたりはいきなりやってのけたのだ。

（息もぴったりじゃねーか！）

走りながら、火神の口元に笑みが浮かぶ。味方としてこれほど心強いものはない。

ボールは黄瀬から赤司へと回った。

赤司の視界にマークを振りきった紫原が映《うつ》る。絶好のポジショニングとタイミングに赤司はボールを回そうと構えた。

「！」

赤司の手が止まる。紫原への直線コース上にナッシュがするりと現われたのだ。

紫原へのパスを諦《あきら》めた赤司の様子に、リコは考えこむように眉間《みけん》に皺《しわ》を寄せた。

（赤司君は究極のパスを封じられている……!?）

「ヘイ！」

今度は黄瀬がマークを振りきり、赤司へと手を挙げた。赤司はパスコースを一瞬で確認すると素早いパスを出した。

ボールをキャッチした黄瀬の前にニックが飛び出す。黄瀬は鋭くニックを見定めると、走り寄ってくる彼の前で素早くボールを右から左へ切り替えた。

不意をつかれたニックがガクッと膝《ひざ》からくずおれる。

（なんっだ……とぉ!?）

脇を駆け抜けていく黄瀬を、コートに尻餅《しりもち》をついたニックが驚愕の眼差《まなざ》しで見上げる。

赤司の特技、天帝の眼《エンペラーアイ》を模倣《コピー》したことによるアンクルブレイクであった。

「うぉぉ、アンクルブレイクー!!」

観客席が盛りあがるなか、黄瀬はゴールを目指して走る。けれどそれを簡単に許すジャバウォックではない。

「行かせるかよ！」

今度はザックが黄瀬の前へ躍《おど》り出た。ザックをキッと睨んだ黄瀬は、パッとボールを手放した。

「!?」

息を呑むザックの視界をボールは横切り、青峰へと渡る。

青峰は勢いをつけてゴール目指して走りこんだ。

「青峰さん！」

客席の桜井《さくらい》が握り拳に力をこめて期待とともに叫ぶ。けれど、次の瞬間、不安に顔が歪んだ。

ゴールへ跳び上がろうとした青峰の前に、彼の視界すべてを覆うようにシルバーが跳び上がったのだ。

「がぁぁあああ！」

咆哮《ほうこう》するシルバーに青峰の眼差しは冴《さ》え冴《ざ》えと輝いた。

ダンッ！

青峰は右へ大きく跳び上がった。シルバーを避《よ》けるように、上半身は倒れこむようだ。

力いっぱい飛んでいく青峰に、シルバーが隠すことなく驚きを口にする。けれど続く青峰の行動はさらにシルバーを驚かせた。

「なっ⁉」

右へ跳び、斜めに倒れていく体勢のまま青峰はボールを放った。

ゴールのバックボードへぶつけられたボールは、吸いこまれるようにしてゴールネットを通過する

「やったぁ――っ！」

桜井《さくらい》が彼にしては珍しく大声で喜びを表現する。青峰の十八番《おはこ》ともいえる型《フォーム》のない《レス》シュ

ートは何度見ても興奮する。しかも歴戦の猛者《もさ》であるシルバーの隙をつき、平常時と同様に発揮できる集中力は、桜井の言葉を借りれば「さすが青峰さん!!」としか言えない。

青峰のシュートは場内を沸《わ》かせたが、反響はそれだけではなかった。

「あのスピード、あのフォーム……」

「なんてサーカスシュートだ……！」

ストリートバスケでトリッキーな技は見慣れていたはずのニックとアレンも、思わず顔を引きつらせた。それほどの威力が青峰のシュートにはあった。

歓声をうけながら、青峰は自陣《じじん》へと走りだした。その隣に黄瀬が並ぶ。

互いの健闘を称《たた》えるかと思いきや、青峰は開口《かいこう》一番、黄瀬への文句を吐いた。

「パスのタイミングおっせーよ！　あと一歩早けりゃ、もっとラクにいけたのによ！」

「はぁ!?　もっとっスか!?　取れるんスか!?」

「ったりめーだろが、バカッ！」

「バカ!?」

高校生らしい会話の応酬に、見つめる桃井の視界が滲《にじ》んだ。

（もー……なんだろ。最近ホント、涙もろいなぁ）

中学時代、もう見ることはないのだと思っていた光景がいま、目の前にある。ずっと見たかった、バスケを楽しんでプレイするチームメイトたち。

桃井は手の甲でそっと涙を拭《ぬぐ》った。嬉しさで柔らかく口元をほころばせた桃井の横顔に黒子はそっと微笑《ほほえ》み、コートに向かって珍しく彼も大声を出す。

「がんばれ!!　青峰君!　黄瀬君!」


スリーポイントラインの外側でボールをキープしたナッシュはわずかに目を細めた。

左側には、5番《青峰》と7番《黄瀬》のダブルチームに苦戦するシルバー。

ゴール前にはニックとアレン、そして9番《紫原》がいる。9番は軽く腕を上げているだけだが、ニックたちは思うように動けずにいる。シルバーに対抗するパワーももちろんだが、ガタイに似合わない瞬発力《しゅんぱつりょく》の高さを警戒しているのだろう。

ダブルチームで空《あ》いた穴を9番ひとりがケアする作戦か、と相手チームの作戦を読み取ったナッシュは思う。

(なるほどな、たしかに9番《ヤツ》は相当な守備範囲の持ち主だ……。ただし、パスを出すのがオレじゃなかったらの話だ)

ナッシュは自分の前で油断《ゆだん》なく構える４番を見下ろした。

必ず止めてみせると強い意志の宿った瞳に、ナッシュは笑みを漏らす。

その不気味《ぶきみ》な笑みに赤司が警戒を強めようと感じた瞬間――赤司の耳に空気を裂《さ》く音が届く。

ハッと振り向けばナッシュの右側、誰もいなかったエリアに飛び出たアレンがボールをキャッチしていた。

「くっ！」

半秒遅れて紫原がアレンへ迫る。だが、それでも遅かった。

アレンは一度だけリズムをとるようにボールをつくと、後方へ軽《かろ》やかにバックステップをしてジャンプシュートを放つ。

何度も練習を重ねた者だけが可能とするゴールが約束されたシュート。

軽くガッツポーズをとったアレンの姿に景虎は眉をひそめた。

バックステップからのフェイダウェイシュート。景虎が日向に教えた不可侵のシュート《バリアジャンパー》に似ているが、アレンのバックステップはさらなる高等技術を使い、速さを高めている。

まずいな、と景虎が口をへの字に曲げる。

悪い予感はすぐさまコート上で現実のものとなった。

ジャバウォックの攻撃で今度はアレンが紫原を押さえている間に、ニックがスリーポイントシュートを決めたのだ。

ヴォーパル ソーズも点数を返していくが、両者にはまだ開きがある。

第三クォーター残り四分。

Jabberwock《ジャバウォック》 66対 VORPAL《ヴォーパル》 SWORDS《ソーズ》 49。点差17。

目を背《そむ》けるわけにはいかない現実に、静かに青年は決意する。

「なーんか、ダブルチームはちょっとやりすぎだったんじゃないっスかねー」

腰を落としていた構えを解《と》いて、体勢を起こした黄瀬に、青峰は「あ？」と不機嫌《ふきげん》に答えた。

ターンはジャバウォックの攻撃。シルバーをふたりで抑えている真《ま》っ最中《さいちゅう》だった。

青峰が横目で見遣ると、黄瀬は軽い調子の声と裏腹に真剣な顔だった。

「青峰っち。こいつオレに任《まか》せてくれないっスか？」

「…………」

青峰がふっと息を吐く。「……ったく。じゃあ、お前先でいいぜ」

「ええっ⁉　珍しくないっスか⁉　いいんスか？」

「先でっつったろ。テキトーなところで替わるんだよ！」

ムッとした顔で言い残し、走り去る青峰に黄瀬は「あー、はいはい」と苦笑《にがわら》いを返す。

シルバーのもとを離れた青峰はその足でアレンのマークについた。極限の集中状態《ゾーン》も解いたようで、眼差しも通常のものに戻る。

突然のダブルチーム解除。けれど、面倒ごとが減ったと喜ぶシルバーではない。

「テメェ……いったい、どういうつもりだ⁉」

「いやいや……状況考えりゃだいたいわかるっしょ」

すごむシルバーに真っ正面から向き合い、黄瀬は不敵に笑った。

「お前ごときオレひとりで充分だ、つってんだよ」

見上げながらも、清々《すがすが》しいまでに見下す黄瀬の発言にシルバーの怒りが一気に爆発する。

シルバーは早口のスラングで罵倒《ばとう》したが、黄瀬は涼しい顔で腰を落とし、構えた。

景虎の指示から外れた行動をとりだした黄瀬たちに、ベンチのリコと桃井は慌てた。

「ちょっと、ふたりとも……⁉」

「いくらなんでも調子に乗りすぎじゃ……」

「いや、逆だ。あいつらに余裕なんてねぇ。それを悟らせないための演技《ブラフ》だ」

思いがけない返事に、リコと桃井は驚いた顔で景虎を見た。

景虎は渋い顔で腕組みをしたまま言う。

「紫原がカバーする6番7番《ニックアレン》の力を見誤っていた……。そのせいで点差が縮められてねぇ。しかも予想以上にダブルチームの消耗が激しい。このままじゃ、ふたりともスタミナが保《も》たねぇ。……黄瀬はそれを悟って決断したんだ」

景虎はコートを見つめた。ボールはシルバーに渡り、すでに激しい攻防戦が始まっている。揺さぶりをかけていたシルバーは強引に黄瀬を抜くと、フォローに入った紫原を警戒してすぐにジャンプシュートを撃とうと跳び上がる。だが、その前に紫原が——否、黄瀬が跳び上がっていた。

抜かれたにもかかわらず追いつくスピードはまさに青峰そのもの。さらに、シルバーのシュートを封じようと飛ぶプレッシャーは紫原そのものだった。

「キセキの世代」の能力をフルにコピーして体現する戦い方はとても最後まで保つものではない。けれど黄瀬は決断したのだ。

「青峰のスタミナを温存するために、たとえここで自分が力尽きても、シルバーをひとりでくい止めることを」

黄瀬の決意を代弁する景虎の言葉に、黒子たちは息を呑む。そして、

「うおおおおお！」

黄瀬が気合いとともに、シルバーのボールを弾き飛ばした。

もはやそこに涼しい顔をしていた青年はいない。いるのはチームと仲間のために戦う、ひたむきな選手であった。


（あーあ、まさかこんな損な役回りするはめになるとはな）

ボールを手にした黄瀬は、心の中で毒づいた。

目の前には血走った目のシルバーが強烈なプレッシャーをかけてきている。

意味はわからないが、英語で激しく自分を罵《ののし》っているようだ。単細胞《シルバー》は簡単な挑発に乗ってくれるから助かる。でなければ、さすがに完全無欠の模倣《パーフェクトコピー》といえども、シルバーをひとりで相手にするのは厳しかったろう。

できることなら第四クォーターまでフルに戦っていたかった。

（けどイヤってわけじゃない。それが最善なら、ためらったりするもんか。やってやる！）

黄瀬にはどうしても守りたい約束があった。

正確には〝約束〟とは呼べないものかもしれないが、だが守りたいことには変わりない。

守りたい気持ちが生まれたのは数日前のことだ。

「おう、黄瀬か。どうした？」

緊張しながら電話をかけたというのに、携帯電話を通して聞こえる声は思った以上に普通だった。

心配して電話したのに、なんでオレが心配されてるんだと思わず頬《ほお》をポリポリとかきながら、黄瀬は一応本題に入る。

「いや、こないだの試合、最悪な奴らだったじゃないスか。様子が気になったつーか……」

「なんだ、そんなことか」

と電話の向こうで笠松《かさまつ》はあっさりと言った。「いま、ちょうど岡村《おかむら》とメシ食ってるよ」

笠松の言うとおり、携帯電話の向こうからは食堂らしき喧噪《けんそう》が漏れ聞こえている。

それにしても『そんなこと』って……と黄瀬が呆《あき》れていると、笠松が言った。

「『キセキの世代《おまえら》』とバスケやってきたんだぞ。いまさら実力差にいちいち打ちひしがれたりするかよ。……ただ」

「……？」

「とにかく悔《くや》しかった。オレたちスターキーがバカにされたことより、お前らとやってきたいままでのバスケすべてをバカにされたことが」

「………」

「今吉《いまよし》たちも同じことを言ってたよ。……聞いたぜ、再戦するんだろ？　だったら、こればっかりは頼むぜ。勝ってくれ。仇《かたき》をとるためなんかじゃなく、オレたちがいままでやってきたバスケを証明するために」

それは正確には約束ではなかった。

けれど、勝利にこだわる気持ちを固めるには充分な想いは伝わった。

勝ちたい。

チームのために。仲間のために。一緒にバスケをしてきた人たちのために。だから。

(勝つためなら、なんだってやってやる‼)

コートを走る黄瀬の瞳に激しい光が宿る。

「ぬぅうぅぅあああっ！」

青峰のスピードを駆使《くし》し、シルバーを抜いて黄瀬はゴールへと高く跳び上がった。

「このっ……ぶっつぶしてやるぅあああ！」

続いてシルバーが黄瀬の前に飛びはだかり、巨大なグローブのような手がボールをガードするように伸びた。けれど、ボールの勢いは止まらなかった。

「らぁ！」

魂《たましい》からの叫びとともに黄瀬の手がボールをネットに叩きこむ。

ボールが落ちるより先に、弾き飛ばされたシルバーがコートに倒れこんだ。

「バカな……！」

目撃したアレンが目を丸くする。「体勢が不充分だったとはいえ、シルバーを……⁉」

体格差を覆《くつがえ》して決まったダンクシュートに観客からは絶え間ない拍手と歓声が続く。けれど黄瀬自身はそれらに応《こた》えることなく静かにコートへと着地し、次のスタートに備えた。

黄瀬の変化に最初に気づいたのは青峰だった。

（黄瀬……お前……）

続いて火神が気づき、ニッと口角を上げる。

（入ってやがる、ゾーンに……！）

「てことは……ゾーン＋完全無欠の模倣《パーフェクトコピー》⁉　そんなの……！」

無敵じゃないか、とベンチの高尾が興奮気味《ぎみ》に言うと、静かな声がそれを否定した。

「保《も》って数分なのだよ」

冷静に断じる緑間《みどりま》に黒子たちが振り向くと、緑間は黄瀬の姿を見つめたまま言った。

「だがもはや断言できる。いまこの瞬間だけはコート上の選手で最強は黄瀬だ」

プライドの高い緑間が素直に認めるほどの黄瀬の実力。彼の活躍はその後も続いた。

オフェンスにおいては青峰・火神・紫原はサポートに徹し、赤司も積極的に黄瀬にボールを集めた。

ディフェンスではシルバーを徹底的にマークし、シュートを防いだ。

常にトップスピードとトップパワーで勝負を仕掛け続ける黄瀬のおかげで、点差はわずかだが縮まっていく。

けれどこれは危うい戦いだ。黄瀬の限界がくれば、簡単に崩れる攻勢。

しかしだからこそ――。

「ここから巻き返しってとこか……」

ゆっくりと客席へ足を踏み入れた青年、黛《まゆずみ》千尋《ちひろ》が呟く。

黛は冷めた眼差しでコートを見つめた。彼の視線の先には、仲間のために最適解《能力》を引き出そうとする赤司の姿があった。

ボールが素早く飛び交うコートを走りながら、赤司は己《おのれ》の内側へ問いかけた。

――聞こえるか？　頼みがある。

白熱する試合中だというのに、赤司の問いかけに焦《あせ》りはない。

必ず応えてくれるという確信があった。

（……ああ。察しはついている。そろそろだと思っていたよ）

心の奥で目覚めた彼が、否、目覚めていた彼が静かに応えた。

赤司の複雑な生活環境によって生み出された、もうひとりの赤司だ。

――オレのプレイスタイルはナッシュとの相性が悪い。力を貸してくれ。お前の眼が必要だ。

（かまわない……だがいいのか？　僕は彼らの敵だった存在……プレイが噛み合わずチームバランスを狂わせることもありうるぞ）

――大丈夫……彼らは変わった。もう誰もお互い敵などとは思っていない。そしてそれは、お前も同じだろう?

(……わかった。僕も戦おう。チームの勝利のために)

『チームの勝利のために』

そう言った彼の声に、以前とは違う喜びが含まれているのを赤司は感じた。

Belial Eye

魔王の眼《ベリアルアイ》

KUROKO'S BASKETBALL LAST GAME

第四クォーター開始直後、それは訪れた。

敵陣でボールを受け取った黄瀬《きせ》がシュートフォームを構えて、深く沈む。

超長距離3P《スーパーロングレンジスリー》の構えに慌《あわ》ててニックが迫るが、一瞬速く黄瀬は緑間《みどりま》の必殺技を撃《う》つ。

Jabberwock《ジャバウォック》 70 対 VORPAL SWORDS《ヴォーパルソーズ》 60。

これが決まれば点差は一桁《けた》台。観客は期待に胸を膨《ふく》らませ、長い軌道《きどう》を描くボールがゴールするのを待った。

しかしネットを揺らす音は訪れなかった。

ボンッ。

ゴールよりも遥か手前にボールが落下する。同時に、黄瀬が膝《ひざ》からくずおれた。

「黄瀬君！」

黒子《くろこ》が叫ぶ。だがもはや黄瀬に立ち上がる体力は残っていなかった。

床《ゆか》に手をつき、倒れこみそうな体を支える。

（あーあ……。最後決めて終わりたかったのに、もう一ミリも動けねーっスわ）

黄瀬は荒い呼吸を繰り返しながら、口元を緩《ゆる》めた。

「ははっ……カッコわりー」

「カッコ悪いものか」

黄瀬の小さな呟《つぶや》きを近づいてきた赤司《あかし》がぴしゃりと否定した。赤司は黄瀬の手をとり、自分の肩を貸すと黄瀬を抱き起こした。

「ここまでよくやった」

「赤司っち……」

「あとは任《まか》せろ。涼太」

「え?」

赤司に連れられて歩きながら、黄瀬は目をしばたたかせる。

もしかして……と、ある種の驚きに囚《とら》われているうちに、黄瀬と交代でコートへ入る緑間とすれ違った。

まっすぐにコートを目指《めざ》していた緑間も立ち止まり、赤司へと視線を向ける。

(この雰囲気……まさか……)

確認したい衝動が一瞬芽生えたが、緑間は踵《きびす》を返した。疑問の答えはプレイすればわかることだ。

ゲームが再開される。ボールはジャバウォック。

ボールを回しながら、ニックは笑った。

「ハハッ、結局ガス欠かよ」

「そりゃそーだ。あんな動きがいつまでも続くわけがないぜ」

ザックも笑って同意し、ボールをナッシュへと回す。

ボールを手にしたナッシュは目の前に立つ赤司に言った。

「残念だったなぁ。これでまた状況は元通りだ。ムチャしたところで結果は変わらねぇのによぉ。無意味な努力、ご苦労様だぜ」

「元通りでも無意味でもない。涼太《りょうた》は次に繋《つな》がる仕事を十二分にしてくれた。それより、今度は自分の心配をしたほうがいい」

「はぁ?　なんだって?」

赤司の反論にナッシュは笑うと同時に予備動作《ノーモーション》なしのパスを繰り出した。

(心配しろだと?　結局はオレのパスの前にどうすることもできないサルのくせに)

ナッシュの手を離れたボールはまっすぐにシルバーへ飛ぶ、はずだった。

ガンッ!

「なっ……!?」

ナッシュの目が大きく見開かれる。その視界には、赤司に弾《はじ》かれてあらぬ方向へ飛ぶボールが映《うつ》っていた。

「アウトオブバウンズ、黒ボール！」

ボールがラインを割り、コートの外へ出たことを審判が宣言する。キッと睨《にら》みつけてくるナッシュを、赤司は平然と見下ろした。

左右の虹彩《こうさい》の色が僅《わず》かに異なる冷徹な瞳で。

「絶対は僕だ。頭《ず》が高いぞ」

「アウトにしてしまったか。久しぶりでつい気が逸《はや》ってしまったな」

赤司は右手の動きを確かめるように握ったり、開いたりを繰り返した。

「まぁいい……次は殺《と》る」

「ああ？」

ナッシュは不機嫌《ふきげん》な声を出しながらも、眼前に立つ選手の豹変《ひょうへん》に首を捻《ひね》っていた。

（どうなっている……。コイツも変わった……？　だが、さっきのふたりの変化とは何か

が違う……まるで別人だ……！）

得体の知れなさにナッシュが警戒を強める一方で、ヴォーパル ソーズのベンチも赤司の変化に揺れていた。

「もうひとりの赤司……。替わるかもとは聞いてはいたが……」

若松《わかまつ》が赤司を見つめたまま、ごくりと唾《つば》を飲む。改めて目《ま》の当たりにする『もうひとりの赤司』は、今までとは違う威圧感があり、緊張してしまう。

言葉をなくしてコートを見つめる一同の中で、「けど……」と黄瀬が口を開き、微笑《ほほえ》んだ。

勝利だけを絶対真理としていた『もうひとりの赤司』。けれどその、、赤司が自分に声をかけ、肩を貸してくれた。勝利だけが彼の中で価値あるものではないことを、あの一瞬が教えてくれていた。

「味方となれば今の赤司っちほど頼《たよ》れる存在はいないっスよ……！」

黄瀬の発言に黒子や桃井《ももい》が頼《たの》もしげに頷く。

それはコートの中でともに戦う選手たちも一緒だった。

青峰《あおみね》が信頼の眼差《まなざ》しで赤司を見つめ、火神《かがみ》は新《あら》たな仲間にわくわくとした表情を隠さない。緑間もすでに平静に受け止めており、紫原《むらさきばら》にいたっては珍しく楽しげに口元を緩《ゆる》めていた。

赤司の変化により、ヴォーパル ソーズ全体の雰囲気も変わる。対峙《たいじ》するナッシュは全体の変化も敏感に察知しながら、先ほどの状況、赤司によるパスカットについて分析していた。

(オレの予備動作《ノーモーション》のないパスにわずかなクセがあってそれを読まれたのか? いや、それはない。あれはそんな安物《チャチ》じゃねぇ。だとしたら、まさか……)

ナッシュの脳に浮かんだとある可能性に、意識は「ありえない」と否定したが、勝負勘は「ないとは言いきれない」と訴えた。

(どちらにせよ、もう一度試す必要があるな)

ナッシュは仕掛けた。

常にリズムを変えつつ定位置でのドリブルから、予備動作《ノーモーション》なしでボールを背後に送り、赤司の脇《わき》を駆け抜けようとする。

「なっ、バックチェンジ!」

洛山《らくざん》の葉山《はやま》が客席から身を乗り出す。あまりの速さに目で追うのが精一杯だ。しかも、予備動作《ノーモーション》なしなので、パスを警戒しつつ、とてもではないが対応できない見事なプレイ。

葉山と並んでみていた実渕《みぶち》も目を瞠《みは》った。けれど、すぐにふっと口元を緩める。

（……けど、今の征《せい》ちゃんにはイミないけどね）

フリーで走りだそうとしたナッシュの眼前に赤司が躍《おど》り出る。まるでナッシュの動きが見えていたかのように。

「あれに反応するだと⁉」

まさかの動きにザックが思わず驚愕《きょうがく》の声をあげる。当のナッシュは小さく舌打ちするとボールを手に摑《つか》み、後方へと高く跳び上がった。

同時にバシィッと激しい音が鳴り響く。

シュートフォームで跳び上がっていたナッシュが憎らしげに下を見下ろす。自分の手の中にボールはない。跳び上がる寸前に弾かれていたのだ。

赤司によって。

（いまので確信したぜ……。やはり持ってやがるな、あの眼を……！）

ナッシュから奪ったボールを今度は自分でキャッチすると、赤司はすぐさま走りだした。

わぁぁぁと歓声で盛りあがる観客たちのなかで、黛《まゆずみ》だけはフッと微笑した。

「……そう、くるとはな」

ゴールへとまっすぐに走る赤司の前に、ザックが躍り出た。

「いかすかよ！」

「どけ」

「ああ!?」

赤司の短い言葉にザックが苛《いら》ついたように答える。ザックは真正面から赤司と対峙した。つもりだった。

「これは命令だ。そして覚えておけ」

ザックの体が自分の意に反して膝から崩れ、仰向《あおむ》けに倒れていく。

「僕の命令は絶対だ」

ザックが見上げた先で、赤司は悠然《ゆうぜん》とドリブルで駆け抜けた。

華麗なアンクルブレイクでザックを沈めた赤司の前に、今度はアレンが飛び出した。

アレンが大きく手を伸ばして立ちはだかるのを見て、赤司がシュート体勢に入る。すかさずアレンが眼前で跳び上がる。

「おおおおっ！」

小柄な赤司だ。アレンのガードにシュートコースはすべて塞がれる、と思いきや、赤司は跳び上がる寸前でボールをパスした。

「なっ!?」

愕然《がくぜん》とするアレンが視線で追うと、ボールはうしろから追いかけてきた火神の手に渡っていた。

「いけぇぇぇぇ！　火神――!!」

チームメイトの声援を受け、トップスピードで駆けてきた火神がスピードもそのままに高く跳び上がる。

「うぉぉぉぉぉぉ！」

いけっ！　誰もが火神のシュートに想いを託《たく》す。託された火神の手がボールをゴールネットへ押しこもうとした矢先、

「ガァ！」

気合いの声とともにシルバーの手が火神の手からボールを弾き飛ばした。

「――！」

一段と迫力を増したシルバーに赤司の眼が光る。

「落ち着け！　仕切り直してもう一本だ！」

ヴォーパル　ソーズのベンチからの声に応えるように、弾かれたボールをキャッチした赤司は再度攻めの体勢を構える。

赤司が油断のない眼差しでコートを見渡していると、ジャバウォックの陣形《じんけい》に変化があった。

シルバーがゴール下に入り、緑間にザックとニックがついたのだ。

緑間の3P《スリーポイント》シュートを警戒してのダブルチームだった。

新たなジャバウォックの陣形にリコは唸《うな》った。

(指揮官はいないし、タイムアウトも取らない。それでも各自の判断でキッチリ対応してくる。悔《くや》しいけど、頭もいいわ！)

(けどつまりは一人、フリーになるってことだろ！)

フリーとなった火神は空《あ》いているエリアへ走り出ながら手を上げた。

「ヘイ！」

赤司の反応は速く、まるで火神が現われるのがわかっていたかのようなタイミングでボールがパスされる。

ボールを手にした火神はスピードを殺すことなく、再度ゴールへと向かった。

跳び上がろうとした寸前、火神は急ブレーキをかける。またもシルバーが前に立ちはだかったのだ。

ここで跳べば二の舞になる、と危惧《きぐ》した火神であったが、

「戻せ！」

赤司の声にすかさずボールをパスした。

ナッシュを振りきり、走りこんできた赤司はボールをキャッチするとすぐさまシュートフォームを取った。だがここでも、踵を返したシルバーが赤司の前に大きく立ちはだかった。けれど赤司は迷うことなくシュートを撃《う》つ。

ボールはシルバーが構えた手も頭上も越え、高く跳んだ。

相手の意図に気づいたシルバーが振り返ると同時に俊敏に後方へ跳び上がる。

だが一瞬遅い。すでに跳び上がっていた紫原がボールを掴むとダンクを決めた。

場内が歓声に包まれる。

天井のモニターに映された点数は、

Jabberwock《ジャバウォック》 70 対 VORPAL《ヴォーパル》 SWORDS《ソーズ》 62。

ついに差は一桁台に迫った。

「よぉし！　ナイッシュー！」

ヴォーパル ソーズのベンチでは若松が歓喜の声をあげ、他のメンバーも緊張しつつも笑顔を見せる。

一方で景虎《かげとら》は内心の焦燥《しょうそう》を落ち着かせるように、密《ひそ》かに長く息を吐いた。

（得点はしたがヒヤヒヤもんだ。黄瀬がリタイヤしてシルバーが復活しちまった。にしてもシルバーの野郎《やろう》、ストレスが消えた途端《とたん》に立ち直るとは……単純さもここまでくりゃあ

長所だぜ）

もちろん警戒すべきはシルバーだけではない。

恐るべきはナッシュも同じである。いや、それ以上といえる。

天帝の眼《エンペラーアイ》を警戒した彼はすぐに対策を立ててきた。未来が見える天帝の眼《エンペラーアイ》の射程《しやてい》距離を見抜いた彼は、パス直前にバックステップで射程距離から抜けることで、パスカットを防ぐ方法をとりだしたのだ。ただバックステップを入れるために彼自身のパス精度は落ち、予備動作《ノーモーション》なしのパスほどの威力はなくなっていたが。

このままじゃ膠着《こうちやく》状態になるぞ、と景虎は渋《しぶ》い顔で腕を組みなおす。

緑間のダブルチームにより、ヴォーパル ソーズはアウトサイドが狙《ねら》えず、またインサイドもシルバーによって阻《はば》まれている。対するジャバウォック側もナッシュのパスを赤司が牽制《けんせい》しているために攻撃力は半減されていた。

どちらのチームも流れを引き寄せる決定打が得られないまま、ヴォーパル ソーズが二度目のタイムアウトを取ったとき、点差は10点に戻っていた。

「決定打はあります」

ベンチに戻った赤司は静かに言った。

景虎が無言で先を促《うなが》すと、赤司は続けた。

「ウチの長距離砲はまだ死んでいない。スリーポイントで差を詰める。とはいえ、賭けだが……」

と言うと、赤司は視線だけで緑間を見つめた。

「できるか、真太郎《しんたろう》」

表面上は尋ねながらも信じて疑ってなどいない問いかけに、緑間はフッと笑みを漏らす。

「フン、なるほど。だが、賭けとは心外なのだよ。オレは常に人事を尽くしている。無論、今日もだ」

緑間は立ち上がるといつものようにメガネを直した。

「オレのシュートは落ちん」

ゲームが再開されると、やはり緑間にはダブルチームがついていた。

どう見ても3《スリーポイント》Pシュートが撃てる状態には見えない様子《ようす》に、日向《ひゅうが》が疑問を口にした。

「3P《スリー》で差を詰めるったって、この状況……いったいどうやって……」

その言葉に若松も同意して頷《うなず》く。しかし高尾はちがった。

「オレ、わかっちゃったんですけどー」

と、高尾は首筋《くびすじ》を撫《な》でた。「いやぁ、フクザツっすねー。ぶっちゃけ」

なんのことかわからず、日向たちが高尾に注目すると、高尾は首にやっていた手を下げ、困ったように笑った。

「勝つためには成功してほしい、けど、できたらできたでなんか悔《くや》しいっつーか……」

高尾が曖昧《あいまい》に言葉を濁《にご》していたとき、コートに立つザックとニックは眼前の光景に釘づけとなった。

ふたりの前に立つのは緑間。いや、緑間は立ってはいない。彼は大きくジャンプしていた。左の肘《ひじ》を曲げ、右手を左手に添えるようなポーズはまさに完璧なシュートフォーム。

ただひとつ欠けているのは、その手にボールがないこと。

いったい何をしていやがる、と見る者に強烈な印象を残す緑間に迷いはなかった。

迷いなど生まれる隙《すき》もないほど修練を重ねた。ただ、それだけではない。

(はじめてこの技を成功させて以来、オレはあいつのパスを疑ったことはない。だがそれはお前も同じなのだよ、赤司！)

ビュッ！

風をきる音とともに、ボールが空《くう》を跳ぶ。

一瞬で通過したボールを追って、ナッシュは振り返り、驚愕に目を見開いた。

赤司が放ったパスボールが空中の緑間の手に見事に収《おさ》まっていたのだ。

「……とに、カンベンしてほしーわ」

ベンチの高尾はやはり困ったように片方の口角《こうかく》を上げる。

決められたら悔しいと思ったのに、その気持ちを一気に洗い流すほどに繊細で正確なパス。そして、
ジュバッ！

緑間の放ったシュートが力強い弧《こ》を描いてゴールネットを通過する様は、どこまでもどこまでも美しかった。

「完ペキだっつーの……！」

高尾は誇らしげに相棒の緑間を見つめる。

ふたりが編み出した技、空中装塡式３Ｐ《スカイ・ダイレクト・スリーポイント》シュート。

緑間の高身長によるジャンプシュートと、高尾の絶妙なパスによって可能となるこの技は、緑間へのガードを無意味にする効果があった。

観客の大歓声のなか、ヴォーパル ソーズのスコアは62点から65点に変わる。点差は7。

もちろんジャバウォックも黙ってはいない。

続くジャバウォックの攻撃では、ナッシュのパス回しによってザックがゴール間近まで攻め入った。

(させっか!)

ザックについた火神が果敢に防ぎ、ザックはそれ以上進めなくなる。

イチかバチかのようにザックがジャンプシュートを放ったのを見て、火神は内心「よしっ!」とガッツポーズをとった。

(体勢崩《くず》した、苦し紛《まぎ》れに放っただけだ!)

ターンオーバーでさらに点差を詰めてやる。先の展開を計算しながら火神が落ちてくるボールに構えていると、ボールはリングに当たって跳ね返り、ストッとネットを通過した。

「はぁ!?」

火神の口から間抜けな声が飛び出した。

(あれ、入っちまうのかよ、クソ〜〜〜っ!)

ワナワナ……と悔《くや》しさに震える火神に声がかけられる。

「気にするな。いまのは偶然だ。次止めればいいのだよ」

「……へ?」

火神はきょとんとして、自分を追い抜いていく緑間の背を見つめた。一瞬、誰だと疑っ

たのだが、いまのはやはり緑間の声だったようだ。

(アイツがオレにあんなこと言うなんて……。テンション上がってやがら。今日のアイツはマジで落ちなさそうだぜ)

頼もしさに火神がニヤリと笑う。事実、緑間の快進撃は続いた。

ニックとザックがガードするなか、一瞬の隙をついてジャンプフォームに入れば、緑間のもっとも撃ちやすい角度でボールがセットされる。

見る者の度肝《どぎも》を抜く空中装填《スカイ・ダイレクト》。さらに戦う者の戦意を削《そ》ぐ滞空時間。

シュートを撃った緑間は静かに宣言した。

「なにより、こっちは三点ずつだ。じきに追いつく」

ゴールの真上まで跳んだボールはリングに触れることなくまっすぐにゴールネットを通過し、見事なシュートに観客の歓声は止まらない。

ベンチの高尾も、つい声を出して笑った。

「わはっ……」

難易度の高いシュートが決まるのは、同等の難易度を持つパスが決まるから。

フクザツだとは言ったが、思っていたよりもずっと気分がよかった。

(オレ以上とまで言う気はねぇけど、やっぱしっくりきてんぜ、このふたりも!)

コートでは緑間と赤司がアイコンタクトを交《か》わすだけで、駆けだしている。

チームワークを必要としないまま終わった帝光《ていこう》中最後の夏。もはや以前のように力を合わせることなどないと思っていたふたりだったが、強敵を持ったおかげで昔のように、むしろあの頃以上に見事なコンビネーションを発揮していた。

緑間と赤司の攻撃により、ニックやザック、アレンに少なからずの焦燥《しょうそう》が生まれた。

焦燥は緊張を呼び、精度を落とす。

ザックからアレンへ飛んだパスにそれを見た青峰は、敏感に反応して手を伸ばし、パスカットした。

スティールされたボールを拾《ひろ》ったのは赤司。

ヴォーパル ソーズのカウンターに、ナッシュが舌打ちする。

「戻れっ！」

ナッシュの号令に、ニックとザックが反応し、踵を返して走りだす。

そしてこの判断も、精度を欠いたものだった。

ニックたちが赤司を追い越した直後、赤司はノールックで後方——緑間へパスを出した。

「しまっ……！」

ニックが自分の過《あやま》ちに気づくが、時すでに遅し。

ボールを手にした緑間が高く跳び上がり、シュートを撃つ。

コートの選手たちが見上げるなか、ボールは宙を飛び、リングに触れることなく通過する。モニターの点数はＪａｂｂｅｒｗｏｃｋ《ジャバウォック》74対ＶＯＲＰＡＬ　ＳＷＯＲＤＳ《ヴォーパルソーズ》71。

「きた――っ!!　連続スリーポイント――!!　そしてついに三点差――！」

怒号《どごう》のような歓声に負けぬようにと、ＭＣの興奮した声が場内に響き渡る。

「うおっしゃ――っ!!」

ヴォーパル　ソーズのベンチでも日向を筆頭に、ガッツポーズをとった面々がベンチから立ち上がって喜んだ。

コートでも珍しく緑間と火神がハイタッチを交わし、いよいよジャバウォックへ迫った功績をわかち合っている。

第四クォーター、残り時間は七分。逆転か、もしくは逃げきりか。どちらの可能性もありうる残り時間だったが、ゲームの流れは確実にヴォーパル　ソーズにあった。

続くジャバウォックの攻撃。

スローインを受け取ったナッシュは静かに息を吐いた。

とても自然な呼吸。なのに、いままでとは違う雰囲気に、火神は身構えた。火神だけではない。緑間、紫原、青峰、そして赤司が意識を研《と》ぎ澄《す》ませる。

ナッシュはゆっくりとドリブルをしながら進んでいく。

「正直驚いたぜ」

と、足を止めるとナッシュは赤司を見つめた。

天帝の眼《エンペラーアイ》の射程距離ギリギリで足を止めたナッシュを、赤司は探《さぐ》るように見つめ、

「……‼」

彼にしては珍しく息を呑《の》んだ。ナッシュの双眸《そうぼう》は赤司を射貫《いぬ》くような迫力だったが、プレッシャーに気圧《けお》されたわけではない。ナッシュの双眸が持つ意味に気づいたのだ。

「その眼を持ってる奴ははじめて見たぜ。オレと同じ眼を」

不敵《ふてき》に笑うナッシュの言葉に、火神たちも息を呑んだ。

「なっ……！」

緑間は驚愕に目を見開きナッシュと赤司を見つめた。

（こいつ、今なんて……）

青峰は聞き取れない英語に戸惑《とまど》ったが、己の勘はナッシュをもっとも警戒すべき相手だと告げていた。

（同じ眼……‼）

紫原にはナッシュの言葉の意味がわかったが、にわかには信じられそうになかった。同、

じ眼というのは、まさか赤司の……。

(まさか天帝の眼《エンペラーアイ》と……)

同じ能力の目を持っているのか。火神もまた息を呑んだまま赤司とナッシュを見つめた。

警戒と緊張度を強めるヴォーパル ソーズの様子にナッシュは笑みを深めると、

「だが勘違いするな。系統が同じだけでオレの魔王の眼《ベリアルアイ》は、お前の眼《それ》とは格が違うぞ」

まるで散歩を楽しむように歩きだした彼の動きに会場の誰もが仰天《ぎょうてん》した。これまで細心《さいしん》の注意を払ってとっていた間合いを超え、赤司との距離を詰めたのだ。

「天帝の眼《エンペラーアイ》を持つ赤司の間合いに、あんなに無造作に……!?」

観客席の伊月が戸惑うように呟《つぶや》く。自滅行為ともいえる進行は、それだけナッシュの自信が高いことを教えていた。

もはや赤司の天帝の眼《エンペラーアイ》など、恐るるに足らないと。

(格が違うだと……!?　なめるな!)

赤司はぐっと眼に力をこめた。

ナッシュの体はもちろん、構成する筋肉の動きまですべてを見通す。それが未来を見抜く鍵だ。

ボールをドリブルするナッシュの右腕にわずかだが力がこめられたのを天帝の眼《エンペラーアイ》は見逃

さない。

(バックチェンジから右……!)

赤司が判じた瞬間、ナッシュが動いた。

右手でボールを後方にワンバウンドされるバックチェンジ。ボールがナッシュの左後方に現われる。

赤司の予想に違《たが》わない動き。ボールが手から離れた一瞬を、赤司は見逃さない。

針の穴を通すような正確さで赤司は腕を伸ばした。その指先がボールへ触れる寸前、

「……!!」

赤司は大きく目を見開いた。ナッシュの左手がボールをキャッチし、右に戻したのだ。

前傾《ぜんけい》姿勢の赤司の左側をナッシュが駆け抜ける。

(赤司が完全に裏をかかれた!?)

一部始終を目撃した火神は、警戒を強めて奥歯を噛《か》みしめた。

(ってことは、間違いねぇ。ナッシュは赤司同様、未来が視《み》えてる……!)

赤司を抜いたナッシュはそのままゴール下へと走った。迎え撃つのは紫原。

紫原が全神経を研ぎ澄ます。たとえ未来が視える相手だとしても、打つ手がないわけではないのだ。

（撃った直後にブロックに行けば未来が視えてもカンケーない！）

算段した紫原は背後のシルバーを抑えながら、ナッシュのシュートに備えた。

けれど次の瞬間、コートでは奇妙なことが起きた。

パシィッ。

ボールをキャッチする小気味《こきみ》のいい音が、紫原の耳に届く。

「なっ……！」

紫原は目を疑った。ボールを手にしているのはニック。緑間からのマークからわずかに逃れた隙をつき、ナッシュがパスを出したのだ。

いや、おそらく出したのだろう。結果から予想するしかないほど、ナッシュがいつパスを出したのか、紫原にはまったく見えなかった。

「……え!?」

緑間が慌《あわ》てて振り返ったとき、ニックはすでにシュートを撃っていた。

シュパッ！

悠々とスリーポイントシュートが決まる。

「征ちゃんが抜かれた!?」

客席の実渕が信じられないというように言った。隣の葉山も困惑しすぎて、じっとなんかしてらンないというように身を乗り出す。

「しかもその後……！」

問題はニックに渡ったパスなのだ。緑間のニックに対するマークはお手本とも呼べるようなきっちりとしたものだった。だから観客席の葉山から見ても、ニックにパスを出すのはかなりの困難に思えた。観客席から見て困難なのだから、コートにいては不可能に見えたはずだ。

なのにナッシュは、ニックが緑間を振りきった瞬間を狙って彼の手にボールが渡るよう、パスを出した。

まさしく未来が視えているかのように。

「…………」

赤司が無言のままナッシュを見つめた。その視線はいつになく厳《きび》しい。近寄ってきた青峰も赤司に並ぶと、ナッシュを見つめながら言った。

「正直本気でやべーな。まさかナッシュがお前と同じ力があるなんて……」

「いや、それ以上だ」

「……………!?」

青峰が絶句して赤司に振り向く。と同時に、

「へぇ、褒《ほ》めてやるよ」

ナッシュが声をかけてきた。

「どうやら今のプレイだけで気づいたみたいだな」

ナッシュが嘲《あざけ》るように赤司を見下ろす。「お前の眼が視ることができるのはひとりだけ
だが、オレは敵味方、全員同時に視ることができる」

予測していたとはいえ、赤司は表情を険《けわ》しくした。

コート全体を見渡す眼があるのならば、ニックの動きを予測できたのも納得がいく。

だが、それが意味することはつまり……。

「つまりゲームの完全な未来だ。オレを出し抜くなんざ、たとえ神でもできやしねぇ」

ナッシュは嗤《わら》った。全ては己の手のひら上で無様《ぶざま》に足掻《あが》く児戯《じぎ》でしかないのだ、と。


ナッシュが有する魔王の眼《ベリアルアイ》の驚異的な射程範囲の広さ。

それがいかに恐るべき力か。天帝の眼《エンペラーアイ》の威力を身近に感じ、信頼してプレイしてきた洛山のメンバーたちにとっては、想像もしたくないことだった。

「すべての選手の未来が視えるなんて……守るのも攻めるのもどうすりゃいいんだ……!?」

葉山が眉間《みけん》に深い皺《しわ》を寄せて言うと、隣の実渕は首を振った。

「普通のポイントガードなら、為《な》す術《すべ》なしよ。けど、征《せい》ちゃんなら……！」

実渕は期待と応援をこめて、コートに立つ赤司を見つめる。

コート上では、まさに赤司にボールが渡ったところであった。赤司はゆっくりとドリブルで進んでいくと、突然スピードを上げて走りだした。そのままナッシュとの間合いを一気に詰める。先ほどのナッシュ同様、全く臆《おく》した様子のない攻撃だ。

赤司とナッシュの視線が絡《から》む。赤司は宣言した。

「何人の未来が視えていようが、ワンオンワンなら関係ない。さっきは初見《しょけん》でおくれをとったが、二度はない！」

続く赤司の行動に、彼を知る誰もが驚きの声をあげた。

ダダダダダッ！　ボールが変調のリズムでコートを打つ。

左へ進むように見せてレッグスルーで方向転換。さらにバックチェンジからのターン。

これまでの赤司とはかけ離れたトリッキーなプレイの連続。

「まるで生粋《きっすい》のストリートボーラーのような動きだ……！　赤司君にあんなプレイができるなんて」

客席の氷室《ひむろ》が感心したように言った。

ストリートバスケを見慣れた氷室も褒めるほどに赤司の動きはダイナミックかつ繊細だった。相手を翻弄《ほんろう》する動きを選択した赤司の作戦に、緑間も注視する。

(未来を視ることのできる者同士、条件は五分《ごぶ》か！)

右へ抜こうとする赤司にナッシュが反応した瞬間、赤司はバックハンドで青峰へとパスを出した。

「巧《うま》い！」

客席の伊月が思わず唸《うな》る。

ボールを手にした青峰はすぐさまコートを蹴って宙を飛んだ。

「おおお！」

気合いとともにボールをゴールに押しこもうとする。

ガガガガンッ。

青峰に摑まれたゴールリングがひずむ音を響かせる。しかし、それだけだった。

ボールはゴールネットを通過することなく、宙に浮いている。

——ナッシュが寸前で青峰の手から弾いたからだ。

「なっ……！」

青峰の目が驚愕に開かれる。

「そんな……！」

ベンチの桃井《ももい》が信じられないと口元を手で隠す。

その隣でいち早く気づいた黄瀬が叫んだ。

「戻れ！　カウンター！」

黄瀬の言葉に反応したかのように赤司が踵を返す。

ボールを手にして走るナッシュは、追いついた赤司に言った。

「あんなもん、裏をかいたうちに入らねぇんだよ」

「…………」

赤司は無言のままナッシュの前に回りこみ、構えた。ナッシュの眼が妖《あや》しく光る。

「お互い眼を持つ者同士で、オレは抜けて、お前は抜けなかった……。答えはカンタン。

実力の差だ」

ダンッ！　ナッシュが素早い動きで赤司を抜きにかかる。むろん、構え備えていた赤司は反応してみせた。だが、次の瞬間、赤司の体に体験したことのない変調が起こる。

「なっ……!?」

重心がうまく移動できず、背中が重力に引っ張られることに抗《あらが》えない。赤司は咄嗟《とっさ》に両手をついて尻餅《しりもち》をついた。

突然低くなった視界をナッシュが悠々と走り抜けていく。

「赤司がアンクルブレイクされた⁉」

客席の降旗《ふりはた》が信じられないというように叫んだ。

コートの未来を視る眼があっても、ワンオンワンであっても、最後はそれを使う者の実力がモノをいう。

あえて赤司の得意技を仕返したナッシュの行動は、その事実を万人に印象づけるのに最適だった。

赤司を抜いたナッシュは、続く緑間のディフェンスもするりと抜き去り、まだ誰もいないゴール下で跳び上がった。

完全なるフリー状態……かと思われたとき、誰もが目を瞠《みは》る速さで駆けてきた火神が猛《もう》然《ぜん》と迫った。

「うおおおおおっ！」

彼の誇る脚力が床を蹴り、一気にナッシュとの距離を詰める。

ゴール上へとボールを運ぶナッシュの手から、火神がボールを弾こうとした瞬間、

（なに⁉）

空中で火神は息を呑んだ。

自分の手がボールに触れる寸前、ナッシュは流れるような仕草《しぐさ》でボールを下げると、反対の手で再度ボールを投げ上げたのだ。

（ダブルクラッチ⁉　あの勢いを殺した⁉）

火神の妨害が視えたとはいえ、咄嗟に対応するには並の能力《スキル》では不可能だ。

（これがナッシュの実力……！）

歯をくいしばる火神の体がナッシュに接触する。

ピーッと審判がホイッスルを鳴らす。それを待っていたかのように、ゴールリングをくるくると回転していたボールがネットを通過した。

「バスケットカウント、ワンスロー！」

審判の宣言に客席は深い落胆の声にあふれた。息もつかせぬ試合展開にずっとためこんでいた息が、すべて悲観的な声となって吐き出された結果だった。

客席の誠凛メンバーも頭を抱えた。

「ナッシュが止まらない……！」

小金井が眉《まゆ》を八の字に下げ、拳《こぶし》を握《にぎ》る。隣の水戸部《みとべ》もぐっと眉間《みけん》に皺《しわ》を寄せ、難しい表情だ。さらに隣の土田も悔しげに口を開いた。

「どうすりゃいいんだ、あんなの⁉」

まさにそれは誰もが思ったことだった。

ナッシュを見つめる火神たちの表情も一様《いちよう》に険しかった。

ヴォーパル ソーズサイドのベンチも、出すべき指示を見つけられずにいた。

リコは悔しさと歯がゆさにギリッと唇《くちびる》を噛みしめた。

（強すぎる……！　オフェンスではパスもシュートも止められない。ディフェンスではどんな連携でも裏をかけない。こんなのいったいどうすればいいの……⁉）

誰もが悔しさに立ち止まり、先が見通せなかったとき、意外な人物が動いた。

「ホラ、早く立ちなよ～。赤《あか》ちん、似合ってないから～」

そう言って、コートに尻餅をついたままの赤司に手を差し出したのは、紫原だった。

言われるままに手を取った赤司をたやすく引き上げて立ち上がらせると紫原は言った。

「あのさー、ここは、オレに任せてくんない？」

「オレにって、ナッシュの相手をお前がすんのかよ？」

近づいてきた青峰が尋ねると、紫原はひょうひょうと答える。

「あー、じゃなくて～。それはあくまで赤ちんでしょ。あんなやつに負けるわけないし～」

さらりと言う紫原の言葉に、赤司が軽く目を瞠る。

「とはいえ、今すぐはさすがに赤ちんでもキツイっしょ〜？　だからしばらくオフェンスもディフェンスもオレんとこにボール回してよ」

トコトコと歩きだす紫原に今度は緑間が渋い顔で言った。

「シルバーとのワンオンワンに持ちこむということか？　それははっきり言って一番勝算が低いのだよ」

「だからいいんじゃん〜。向こうは誘いとわかってても乗ってくるっしょ。ナッシュに好き放題やられるより、下手な駆け引きとかがなくていい」

と答えた紫原はベンチの前で足を止めると、桃井とリコに向かって手を差し出した。

「リコちんか、さっちん。ゴム一個ちょーだい」

突然のことに驚くふたりだったが、慌ててごそごそとポケットをあさりだす。

「はい」

「さんきゅ」

桃井から髪ゴムを受け取ると紫原は無造作《むぞうさ》に伸びた髪に手を伸ばし、まとめはじめる。

「てゆーか、勝算ってナニ？　勝つしかねーんだったら、死んでも勝つだけだし」

振り返った紫原の表情は、いつにない気迫に満ちていた。

ナッシュのフリースローは外《はず》れることなくゴールリングを通過した。

「やばい、八点差アル……」

客席の劉《リユウ》がムゥと顔をしかめた。

天井のモニターに表示された点数は、
Jabberwock《ジャバウォック》 79対 VORPAL《ヴォーパル》 SWORDS《ソーズ》 71。

緑間の連続スリーポイントで詰めた点差がまた開きはじめていた。しかも魔王の眼《ベリアルアイ》を使いはじめたナッシュの前に、緑間と赤司による空中装填式３Ｐ《スカイ・ダイレクト・スリーポイント》シュートは封じられているといっていい。

この難局をどうするのか、と客席が祈るようにコートを見つめていると、ボールは緑間から紫原へと回った。紫原につくのは当然、シルバー。

「どうした、こいよ?」

紫原の背後につき、がっつりと進行を防いだままシルバーが挑発するように言った。

途端《とたん》、ボールを手に体勢を低くしていた紫原の目が光る。

「んぉ⁉」

シルバーが意外な声をあげた。

てっきりパスに逃げると思った紫原が、力まかせにシルバーを抜きにかかったのだ。巨木がぶつかってくるような衝撃に、シルバーの表情も変わる。

「おおお、すごい当たり……！」

小金井が紫原のパワーに素直な驚きを漏らす。自分が相手なら、瞬殺《しゅんさつ》で吹っ飛ばされているに違いないプレッシャーだった。けれど、ググッと足を踏みしめて動く様子のないシルバーに、伊月は眉を寄せた。

「ダメだ……やはり押しこめない……！」

微塵《みじん》も後退しないシルバー。だが、紫原の強さは力だけではない。

「っ！」

紫原は軸足に重心を移動させて、一気にターンを仕掛けた。巨体に似合わない俊敏さもまた、紫原の強みである。

紫原はそのままダンクに跳び上がる。けれど、紫原同様、むしろそれ以上の俊敏さを持つシルバーはすぐに追いつき、紫原の手からボールを弾き飛ばした。

ボールはジャバウォック側に渡り、全員が反対のコートへと走り出す。

コートを駆けながら、紫原は「くそっ」と自分に舌打ちした。

（違う、こうじゃない。もっと……もっとだ……！）

もっと、もっと。イメージするものは、教えられたものは、もっと違うものだった。

「違う、もっと腰を落とすんじゃ！」

秋田《あきた》の陽泉《ようせん》高校の体育館に、岡村《おかむら》の声が響いた。

「そんで上体はもっと起こす！」

「あーもー、うっさいしー！」

岡村の熱血指導に紫原は口を尖《とが》らせた。通常の練習後に行われたマンツーマン指導なので、紫原は帰りたくてしかたがないのだが、そうはさせじと岡村は紫原の両肩をガシッと押さえた。

「パワーを逃《のが》さず百パーセント発揮するには正しいフォームってのがあるんじゃ。紫原、お前はまだムダが多い！」

「つーか、今までどんだけセンス任《まか》せでやってきたんだよ」

と口を挟《はさ》んだのは、福井《ふくい》健介《けんすけ》である。彼もまた紫原の指導のため、練習後も体育館に残っていた。

「なんなら、火神のほうができてたんじゃねーのか？」

「むっか――！」

「そんなんじゃお前よりデカくてパワーある奴に手も足も出ねーぞ」

「いないじゃん、そんな奴。ていうか、ウインターカップ終わったんだから、早く引退すれば～？」

「オイコラ、お前マジぶっ殺すぞ！」

後輩の後輩らしからぬ発言に福井がクワッと目をつり上げる。

一方岡村は、困ったように笑うと紫原の頭をぺしりと叩いて言った。

「お前が強くなって、より強いチームと闘うことになれば必ず現れる。お前よりパワーも技もあるヤツがな」

体育館の外には紫原の背丈ほどの雪がつもっていた。数か月前の記憶。そのときの教えを、紫原は正確に体現しようと試《こころ》みていた。

シルバーのブロックにぶつかりながら、またそれをふりほどくように動きながら、少しずつ、少しずつ、過去の記憶と現在のプレイを近づけていく。

反して、天井の点数モニターに表示される点差は開いていった。

もちろんヴォーパル ソーズの仲間たちも、ただ見守っていたわけではない。今も、紫原のシュートがシルバーに弾かれるとすぐさま青峰がフォローに入り、ボールをネットに押しこんでいた。けれど、追い上げにはまだ遠い状況だった。

ボールを積極的に紫原に集める様子《ようす》に、ナッシュは笑った。

(どうしてもシルバーとワンオンワンに持ちこみたいってわけか……。そういうのを無謀《むぼう》つーんだよ)

そしてもうひとり、笑っていた人物がいた。

他ならぬ、紫原本人である。

(ヤッバ……マジではじめてだ、こんなの……。オレが全力でぶつかってもビクともしないなんて……)

押し合いのすえ放ったシュートがシルバーに弾かれる。その瞬間であっても、紫原は笑っていた。

いままで見たことのない紫原の様子。けれどその表情は、黒子にとって見覚のあるものだった。

「……見たことあります。強敵に挑《いど》むことを心から楽しむ……火神君そっくりです」

え……と黄瀬たちが息を詰めたとき、それは起こった。

「なっ⁉」

ボールを手にしたシルバーが驚きに目を剝《む》く。一気に抜き去ろうとこめた力が、ガンッと押し止められたのだ。

肩越しに振り向いたシルバーが見たのは、

「ぬぐぐうっ！」

歯を食いしばり、全力で押し返す紫原の姿。

一度は驚いたシルバーであったが、鬼気迫る様子で抗《あらが》う紫原に、すぐに勝機ありと考え直した。

（ここからの変化についてこれる余力なんざ、ねーはずだ！）

直後、シルバーはバックステップで紫原から距離をとり、後方に跳ぶフェイダウェイでシュートを放った。

バシィ！

シルバーの放ったボールが、空中で大きく軌道《きどう》を変えられる。

「なっ⁉」

シルバーは再び驚嘆した。けれど二度目の驚きは、一度目を遥《はる》かに上回った。

ボールを弾いたのは、自分が抜き去り置き去りにした紫原だったからだ。追いついたということは、つまり瞬発力は自分と同等ということだ。

弾かれたボールをキャッチしたのは赤司だった。すぐさま走りだした赤司に、ヴォーパル ソーズのメンバーが続く。

足の速い火神が先行しパスを受け取ると、絶妙のタイミングで走りこんできた紫原にボールを回した。

リズムよく回ってきたボールを手にした紫原は、スピードを殺すことなくゴールへと跳び上がった。

だが、同時に走りこんできたシルバーも跳び上がる。

「なめるな、サルがぁぁぁぁ！」

「ううおおおおお!!!」

跳びふさがるシルバーに紫原は吼《ほ》えた。コートを震わせるような咆哮《ほうこう》とともに、力の限りをこめてボールをゴールへ叩きつける。

渾身《こんしん》の一手でシルバー《シルバー》を弾き飛ばし、紫原は見事な追加点を獲得した。

『神に愛された男』を退《しりぞ》けたプレイに、会場は歓声でおおいに盛りあがった。

そのなかで紫原は大きくガッツポーズを取ることもなく、淡々と次のスタートに向けて走りだす。ただ併走してきた青峰が拳を突き出すと、紫原は無言でコンッと拳を合わせた。

「すげぇ！」

「途中から動きにムダがなくなってきた気がしたけど……それにしても……」

ベンチの高尾と若松が興奮気味に話していると、黄瀬がそっと口を開いた。

「オレ……思うんスけど……。周囲とは体格《サイズ》も力《パワー》も違いすぎて……心のどこかで相手にケガさせないように、みたいなセーブがかかってたんじゃないっスかね。けど、シルバーという自分と同等以上の体格《サイズ》を持つ敵を前にして、はじめて心おきなく全力を出せることの喜び……みたいなモンがあるんじゃないスかね」

黄瀬の推測に、ベンチの日向たちは言葉を失った。

「キセキの世代」のなかで一番の力を誇る紫原に、さらに上の段階があるとは。

思わずゾッとしたまま固まっていると、ひときわ大きくなった歓声が聞こえ、慌ててコートへと視線を戻した。

コートではまさにその紫原が、再度シルバーのダンクを防いだところだった。

「連続ブロック！」

「いけ！」

客席の劉と氷室が嬉しそうに言い、応援に力をこめる。

チームメイトの声援をうけ、紫原は走った。そんな彼に赤司がボールを回す。

ドリブルする紫原は集中していながらも、どこか喜びを感じている雰囲気があった。

反対に、紫原を追うシルバーの形相はまさに鬼気迫るものがあった。

シルバーには許せない、認めたくない事実が続いていた。紫原による連続ブロックのことだけではない。あのとき、背筋に走ったものは——。

(このオレ様がビビったってのか……？　そんなことありえねぇ!!)

紫原がダンクに跳ぶ。シルバーも跳び上がり、ボールへと手を伸ばす。

(オレより強い奴がいるわけねぇ、いちゃ、いけねんだよ!!)

ガガンッッ！

シルバーの鬼気迫る攻勢と、さらには逆サイドから飛んでいたアレンの攻勢も退けて、紫原がダンクを決めた。

客席がさらなる歓声に盛りあがる。二度の成功は、もはやまぐれとは呼べない。紫原はシルバーの力を凌駕《りょうが》していた。

だが直後に事態は急変する。

紫原が見たのは自分に迫る影。続いて衝撃。そして、激痛。

「紫原君！」

審判のレフェリーストップが宣言されると同時に、黒子たちはコートの紫原のもとに走り寄った。

紫原はコートに倒れこみ、左腕を押さえて殺しきれない呻《うめ》き声をあげている。

ダンクシュートから着地する途中でシルバーが勢いよく振った腕が顔に当たり、コートに叩きつけられたのだ。しかも予想外の転倒に、本能的に体を支えようとして地面についた手が勢いを殺しきれず、全体重を受ける形になってしまった。

すぐさま紫原はベンチへと移動されたが、深刻な様子に客席も不安げにざわめいた。

「どう……？」

歯を食いしばる紫原を丁寧《ていねい》に看《み》ていく景虎に、リコが心配そうに尋ねる。

景虎はぐっと顎《あご》を引くと、首を振った。

「……ダメだ。まず間違いなく折れてやがる……！」

「ざけんなっ！　わざとやりやがったな！」

カッとなった火神がシルバーに怒鳴《どな》る。すると「ああ……？」とシルバーは気《け》だるげに振り向いた。

「事故だ、事故。不運としか言いようがねぇなぁ！　だが勝負ってのは、結局最後まで立ってたモンの勝ちなんだよ！」

「テメェ……!!」

「クズめ」

謝《あやま》るどころかむしろ勝ち誇ったように言うシルバーに、青峰だけでなく緑間までもが怒りを露《あら》わにした。

だが誰より怒りを覚えているのは紫原だった。

「……どいてよ」

紫原は景虎から左手を引くと、ぐっと立ち上がった。慌てて景虎が待ったをかける。

「お、おい、ムチャだ!」

「知るか! あのカス、ひねりつぶしてやる」

怒りのままにコートへ戻ろうとする紫原の前に、小さな人影が立ちはだかった。

「ムチャはダメです。紫原君、交代してください」

「やられっぱなしで……!」

紫原は人影——黒子を見下ろし、小さく息を呑んだ。

紫原の前に立っているのはいつもの表情を殺した黒子ではなかった。仲間を傷つけられ、隠しきれない怒りを露わにした黒子が、紫原を見つめ返していた。

「大丈夫……キレてるのは、ボクも一緒です……!」

「…………」

「絶対に勝ちますから」

シルバーを睨み、力強く宣言する黒子に紫原は沈黙した。

代わってジャバウォックのメンバーがせせら笑う。

「おいシルバー、おチビちゃんがえらく睨んでるぜ？」

「ああ～～？」

まいったなぁと大げさに首をすくめてみせるシルバーにザックたちが笑い声をあげる。

けれど強い意志が宿った黒子の瞳はもちろん臆《おく》した様子を見せない。

紫原は深く長い息を吐いた。

「……はぁ――。わーったよ」

怒りを呼吸とともに収め、コートに背を向ける。

「じゃあ、あとは任すわ～。そんかし……マジであいつら、ボコボコにしてよね～？」

「はい！」

想いを受け取り、黒子はコートに足を踏み入れた。

Showdown

最終決着

KUROKO'S BASKETBALL
LAST GAME

第四クォーター、残り時間が三分弱で止まっていた時計が再び動きだす。

Jabberwock《ジャバウォック》 87対VORPAL《ヴォーパル》 SWORDS《ソーズ》 79。

ボールはジャバウォック。

紫原《むらさきばら》の代わりに黒子《くろこ》が入ったせいか、ヴォーパル ソーズは守りの陣形《じんけい》を変えていた。

（マンツーマンじゃなく、3－2ゾーンか……。センターがいなくなったからな、まぁそうくるだろーよ）

ドリブルをしながらコートを一瞥《いちべつ》したナッシュは、小さく笑った。

（だが、ムダなあがきなんだよ！）

ダンッ！　ナッシュのドリブルが変調し、赤司《あかし》を抜きにかかる。赤司も果敢《かかん》に追いかけるが、予測する未来の裏をかいてくるナッシュ相手に、対応は常に後手に回ってしまう。

赤司の表情は険《けわ》しかった。

（止められない。やはりダメだ……いまのままでは……！）

活路《かつろ》を求め探す赤司の眼前から、次の瞬間、ボールが消えた。

ハッと見遣《みや》れば、ボールはゴール右側にいたニックの手のなかに収《おさ》まっていた。

ニックの前にいたディフェンスの黒子も驚いた様子《ようす》で背後を振り返っている。パスは自分《黒子》の前を通ったはずなのに、まったく気づけなかった。ナッシュの力を間近に体感し、黒子は改めて戦慄《せんりつ》する。

けれど、迫る危機はそれだけではない。

「まずいっ！」

客席の伊月《いづき》が焦《あせ》った声で言った。コートの状況から、ナッシュの意図に気づいたのだ。

「ディフェンスゾーンを引きつけて、守備のうすい黒子がいるサイドへ……！」

つまり赤司を抜こうとして見せながら、わざとゴール左側へ移動し、緑間《みどりま》・青峰《あおみね》・火神《かがみ》の注意を引いておいたのだ。

おかげでニックの前には広いスペースが作られていた。

「もらったぜ！」

ニックは悠々《ゆうゆう》とジャンプシュートのフォームを取り、今まさに跳《と》び上がろうとする。そのとき、彼は目撃した。

ゴール下にいた5番《青峰》が目の前に現われるのを。

「なっ⁉」

突然現われたわけではない。彼がこちらに向かって走ってくるのは見えていた。ただ、瞬《まばた》きをする、ほんの数秒の間に走り寄ってきたのだ。

（あの距離から一瞬で……⁉　なんて奴だ⁉）

ニックが驚愕《きょうがく》して見つめる先で、青峰はさらに加速していく。その内面も、急速に。

（あいつらがここまでつないでくれたからな、ラスト二分半。こっからは遠慮なく全開でいくぜっ！）

ニックは本能的にぞくりと震えた。自分を見すえる青峰の瞳にかつてないほどの気迫が宿っている。ほとばしる力が輝く光となって、長く尾を引くようにさえ見えた。

そんなニックの前で、青峰は走りこんできたスピードすべてを使い、跳び上がった。一瞬でニックのシュートコースも視界も、容赦《ようしゃ》なく閉ざす。

（やべぇ、このまま撃《う》ったら……）

ニックは咄嗟《とっさ》にボールを下げると、ワンバウンドさせてパスに出した。

受け取ったのはシルバー。

「ハッハー、サルがッ！」

ゴール付近にいたシルバーはドンッとコートを蹴り、ダンクシュートに跳んだ。

自分をおびやかしていた9番《紫原》はもういない。ひ弱なサル相手にシュートは撃ち放題だ。

鬱憤《うっぷん》を晴らすようにボールをゴールへ押しこもうとするが、それを阻《はば》む別の手があった。

「ぬぅ⁉」

「完全にブチ切れたぜ！」

空中で睨《にら》みつけてきたのは、誰でもない火神だった。

その瞳には強い意志が宿り、あふれる力はまばゆい光の尾を引いている。

「てめぇらみたいなカスに、ぜってぇ負けるかよっ」

咆哮《ほうこう》とともに火神はボールを力強く弾き飛ばした。

もはや止められないと思っていたシルバーを制した火神の偉業に会場は歓声に包まれる。

偉業は火神だけではない。その直前、驚異的なスピードを見せた青峰も同じだ。彼らを知るメンバーはふたりに現われた変化の意味にすぐに気づき、歓喜の声をあげた。

「ふたりともゾーンに！　ダブルエースの覚醒だっ‼」

黒子からボールをもらった赤司は静かに「よし」と頷《うなず》いた。

「オフェンスはテツヤを駆使《くし》しつつ、あのふたり主体でいく。だが、スキがあればいつでもアウトサイドにパスを出すぞ。見逃すなよ、真太郎《しんたろう》」

「当然なのだよ。いつでも撃ち抜いてやる！」

自信に満ちた緑間の返事に、赤司は左右の虹彩《こうさい》の色が違う瞳を満足げに細め、一気にスピードをあげた。

「ケリをつける。いくぞジャバウォック！」

攻勢を仕掛けてきたヴォーパル ソーズにシルバーらが吼《ほ》える。

「ほざけ、サルが！」

「無駄だ。てめぇじゃ、ナッシュは抜けねぇよ！」

ザックの言葉どおり、攻め入る赤司の前にナッシュが立ちはだかった。

けれど赤司に焦りはない。

「いいや、今はもう抜く必要はない」

「………!?」

ナッシュが不審げに眉《まゆ》をひそめる。そのときにはもう、ボールは赤司の手にはなかった。

誰もがノーマークの、無人のコートへボールが投げ出されている。

「ウチには幻の六人目《シックスマン》がいる」

シュバッ！

ボールを目で追っていたアレンは、聞き慣れない音に目を見開いた。誰もいないと思っていた場所に、11番《黒子》が忽然《こつぜん》と姿を現わした、と思ったときには、黒子がボールを弾いていたからだ。

幻の六人目《シックスマン》に中継されたボールはまっすぐにゴールへと飛んでいく。

このまま進めばバックボードに直撃すると思われた寸前で、跳び上がった青峰が空中でキャッチした。

「いっけぇ――――！」

ベンチの日向が声援を送る。青峰は勢いのままにダンクをしようと構えたが、

「がぁぁぁぁぁ！」

獣《けもの》のような叫び声とともに、ゴール前にシルバーが跳び上がった。

「くそっ、反応が速い！」

あと一歩でゴールできたのに、と日向は悔《く》やむ。けれど、空中にいた青峰に悔しさなど微塵《みじん》もない。悔《く》やむ必要もなかった。

彼は跳び上がった勢いを使って、重心を右後ろへと傾けた。空中でエンドラインを割るように倒れていく体勢のまま、青峰はボールを放り投げた。

「なんだと⁉」

シルバーが目を剝《む》く。

青峰が放り上げたボールはバックボードの裏を通り抜けて表に現われ、ストンッとゴールネットを通過した。

客席から割れるような歓声があがる。

「決まったー！　てか裏から放《ほう》ったぞ、いま！」

「その前のパスといい、なんてプレイだ！」

興奮した観客の声に包まれるなか、ナッシュは「クソがっ」と吐き捨てるように言うと、状況を整理しはじめる。

（いきなり最深部までパスがいきやがった。しかもゾーンがふたり……）

この状況に取るべき方法を考えているナッシュの視界の片隅《かたすみ》で、ザックがスローインを構えた。

「ザック！」

ナッシュが注意を喚起《かんき》するように叫ぶ。だが一瞬遅かった。

ザックがアレンに向けて投げたボールが、黒子によってカットされる。

「くそっ、いつの間に⁉」

ザックが悪態《あくたい》をつきながら、黒子へと走る。一方の黒子はボールを手にゴールへと向き直る。

——シュートか！

咄嗟に判断したザックは迷わず黒子の前で跳び上がった。けれど次の瞬間、黒子の取った行動に彼は自分の判断が正しかったのか、わからなくなった。

（なんだぁ、そのフォームは……⁉）

ボールを左手にのせ、膝《ひざ》を低くする独特のフォーム。とてもじゃないが、シュートを撃つとは思えない。かといってパスを出すとも思えない。

困惑するザックを見上げた黒子の瞳が、グッと強い意志に染まる。

シュンッ！

黒子の右手が勢いよくボールを押し出すのと、ザックが目を見開くのは同時だった。

（消えた⁉）

はっきりと捉えていたボールが目の前から消えたのだ。続いて聞こえるのは、ゴールネットを通過する音。

着地して振り向けば、確かにボールはコートに転《ころ》がっていた。

一拍の間を置いて客席からさらなる歓声があがる。

天井のモニターに映し出された点数は、
Ｊａｂｂｅｒｗｏｃｋ《ジャバウォック》 87対 ＶＯＲＰＡＬ《ヴォーパル》 ＳＷＯＲＤＳ《ソーズ》 83。

黒子の必殺技、幻影《ファントム》のシュートが新《あら》たな活路を開いた瞬間だった。

「くそっ、なんなんだ、いまのシュート！」

「どっから出てくるか、わかんねーぞ!」

ザックとアレンが苛立《いらだ》ったように言うのを聞きながら、ナッシュは舌打ちをする。

(バカどもが……この土壇場《どたんば》でくだらねぇミスしやがって……。だが、オレは違う)

ナッシュの瞳がさらに鋭さを増す。これまで数えきれないほどの修羅場《しゅらば》をくぐり抜けてきた自負と、揺るがない自信が彼にはあった。

(この程度の状況なんざ、追い詰められたうちに入らねぇんだよ)

ボールが再びナッシュの手に渡ったとき、赤司はナッシュの変化に敏感に気づいた。

(来る……!)

赤司は構えた。その眼前を、ナッシュは左から抜くと見せかけ、逆サイドへ抜き去った。

完璧なクロスオーバー。ストリート特有の大げさなパフォーマンスは含まず、練習を重ね無駄《むだ》を削《そ》ぎ落とした完璧なクロスオーバーは、これまで以上にスピードを増していた。

続いてナッシュは難なく黒子を抜き、躍《おど》り出た緑間の前で急停止をした。緑間を挑発するように視線はゴールへ向いている。

(シュートか!?)

緑間はさせじと一気にナッシュへの距離を詰めた。が、その脇《わき》をナッシュが駆け抜けていく。

(ロッカーモーション‼)

緑間が悔しさに歯を食いしばる。シュートに備えていた体はナッシュを追いかけることができず、戻ろうとした反動で膝からくずおれた。

晴れてゴール下へ走りこめたナッシュは悠々と跳び上がる。

「いかすかよ!」

火神が跳び上がる、その上からナッシュはボールをゴールへ叩《たた》きこんだ。

激しい音をたててゴールリングが揺れる。

「ぐがッ!」

と、弾き飛ばされた火神がコートに転がった。

三人を抜き去り、シルバーを制した火神を退《しりぞ》けてのダンクシュート。

華麗《かれい》なプレイに、客席もベンチメンバーも言葉を失う。見つめる者たちの胸には同じ想いが浮かんだ。

――ナッシュにはまだ上があったのか、と。

着地したナッシュは、コート上のヴォーパル ソーズメンバーに言った。

「こいよ、サルども。とどめさしてやる」

殺気に似た迫力。それを裏づける実力。誰もが表情を険しくした。

「あきらかに今までとは動きが違うのだよ」

緑間が赤司に言った。「派手な技で翻弄《ほんろう》するストリートバスケの動きから、洗練され無駄のない正統派《オーソドックス》なバスケットの動きになっている。おそらくこれが本来の姿……。ナッシュ＝ゴールド＝Ｊｒ《ジュニア》のフルパワーだ」

緑間の推測に異を唱《とな》えるものはいなかった。火神の表情もさらなる緊張に固くなる。

「だからって、ビビってるヒマなんてねぇぜ」

「………！」

火神が振り向くと、青峰がボールを拾い上げていた。

「どれだけ強かろうが、んなもん、あのカスどもに負けていい理由になるかよ」

乱暴な精神論。けれど、青峰らしい理屈は、実は誰の心の内にもあるものだった。

——負けない、なにがあっても。

メンバーの顔が凛々《りり》しく引き締まる。残り時間は一分十五秒。


観衆は声を嗄《か》らさんばかりに声援を送った。時間は一分をきっていた。大勢の期待を背《せ》

負《お》ったヴォーパル ソーズは攻めた。青峰、火神のダブルエースを中心に奮闘し、点差を詰めようとした。

けれどジャバウォックもまた、ナッシュを中心に確実に攻め返し、点差を開こうとする。

シュバッ！

空中に跳んだ青峰が得意のフォームレスシュートを放ち、点差はようやく四点差。

Jabberwock《ジャバウォック》 91対 VORPAL《ヴォーパル》 SWORDS《ソーズ》 87。

残り時間は三十二秒。

「くそっ、あと一歩！」

青峰がキッと睨み、

「あと一歩が縮まらねぇ！」

火神が歯がゆく吐き捨てる。

残り三十秒をきった時点で六点差になってしまえば、もう追いつくのは不可能になる。

——ここを止めなければ、終わる。

火神たちの双眸《そうぼう》が最後の力を振りしぼるように輝いた。

ナッシュは嗤《わら》った。

「無駄だ。オレは止められねぇ。とどめさしてやるよ」

ナッシュにボールが渡るのと、彼が走りだしたのは同時。
けれど対峙する赤司はどこか冷《さ》めた表情で、ナッシュを見つめ返していた。
赤司の様子がいつもと違うことにいち早く気づいたのは緑間だった。
(赤司……?)
自身はザックとアレンを警戒しつつ、赤司を注視する緑間。
三年間、赤司の相棒だった緑間の観察眼は正しかった。
赤司の中で、変化が起きていた。

——さよならだ。

突然の別れの言葉に、内なる赤司が戸《と》惑《まど》いの声を漏らす。

(なにを言って……)
——わかっているはずだよ。

彼は内なる赤司へ語りかけながらも果《か》敢《かん》にナッシュと戦った。いまも攻め入ってくるナッシュに手を伸ばす。けれどボールを背中に回したナッシュの前に、手は空《くう》をきるだけだった。

仲間たちの苦しい吐息が聞こえる。

――ナッシュは強い。このままでは負ける。だが、奴の魔王の眼《ベリアルアイ》を見たとき、驚愕と同時にある可能性に気づいていた。

――天帝の眼《エンペラーアイ》が劣《おと》っているのではなく、そもそもまだ不完全だったのではないか……と。

（…………）

語る声に内なる赤司は無言のままだった。彼が何を言わんとしているか、本当はわかっている。けれど。

――理由は簡単。僕らがふたりに別れてしまったからだ。だから僕は消える。全てを君に返す。完全なひとりに戻るために。

赤司が答えない理由も、彼にはわかっていたのだろう。彼は続けた。

――確信はある。究極のパスを出すために、コートヴィジョンと、未来を視《み》る天帝の眼《エンペラーアイ》が融合すれば、必ずナッシュと同等以上の力を得ることができる。

(それしか、ないのか?)

――気にするな、そもそも僕は生まれるはずのない存在だ。最後にみんなとプレイできるなんて僕には大きすぎる餞別《せんべつ》までもらえた。

彼の決意の固さに、赤司も決断するしかなかった。

ありがとう

彼の想いか。それとも赤司の想いか……。
深い感謝が体中に広がった。

「ナッシュ。お前は敵味方、全員の未来が視える」

「？」

ボールをバウンドさせながら、ナッシュは怪訝《けげん》そうな顔で赤司を睨みつけた。顔を上げた赤司の瞳がナッシュを捉える。

いや捉えているのはナッシュだけではない。

「だが、それしかやっていない。オレならもっと眼を使いこなす。相手も未来も視えるならば、全体の動きから最善のパターンを察知して——さらにもっと先の未来まで視る！」

シュバンッ！

ボールを弾く鋭い音が響いた。

「なっ⁉」

ナッシュが驚愕とともに振り向く。

赤司を抜こうとしていたところだった。魔王の眼《ベリアルアイ》は赤司の動きを捕らえ、反応できないコースを選んでいた。けれど赤司は未来の隙間《すきま》を抜き去って、自分の手からボールを奪っていた。

「ターンオーバー‼」

「ナッシュからボールをスティール‼」

ワァァッァアと客席から歓声があがる。

だがもちろんジャバウォックの戻りは速い。走る赤司の前にニックがすぐさま走り出た。

「このっ！」

「………」

赤司はニックに一瞥をくれることもなかった。ただ前方を視たまま、バックパスを繰り出す。

「なにっ!?」

ボールの行方《ゆくえ》を追っていたニックは、次の瞬間「しまった」と顔を強《こわ》ばらせた。

一直線に飛んできたボールをキャッチしたのは、緑間だったからだ。

「待っていたのだよ。これで王手だ！」

鍛え抜かれたジャンプシュートがボールを天井近くまで運び、やがてゴールネットを揺らす。

待望のスリーポイント。

Jabberwock《ジャバウォック》 91 対 VORPAL《ヴォーパル》 SWORDS《ソーズ》 90。

「よしっ！」

「一点差――!!」

ベンチの日向《ひゅうが》や高尾《たかお》が叫び、暴れだしたくなるような喜びを表現する。

コートでも珍しく緑間が片腕を上げて喜びを現わした。

（バカな……）

一方のナッシュはこれまで常に冷静さと余裕を失わなかった表情に、はじめてそれら以外の感情をのせて赤司を見つめていた。

（ありえねぇ！　コイツ、まさかオレと同じ眼を……⁉）

ナッシュの疑念の眼差しを受けながら、赤司は涼しい顔で駆け抜けていく。そんな赤司に黒子が近寄って尋ねた。

「赤司君……いまの君はもしかして……」

「ああ……。だが、その話はあとだ。まず先にやらねばならないことがある」

赤司は立ち止まると、彼の仲間たちへ声を張りあげた。

「勝つぞ、必ず！　最後の勝負だ‼」

「おう！」

青峰が、火神が、緑間が、そして黒子が、力強く応《こた》える。

タイマーの時間は残り十秒をきった。

「ディーフェンス！　ディーフェンス！」

観客席では、誠凛《せいりん》の伊月《いづき》・小金井《こがねい》・水戸部《みとべ》・土田《つちだ》・降旗《ふりはた》・河原《かわはら》・福田《ふくだ》が、陽泉《ようせん》の氷室《ひむろ》・劉《リユウ》が、海常《かいじょう》の早川《はやかわ》・中村《なかむら》が、桐皇《とうおう》の桜井《さくらい》が、洛山《らくざん》の葉山《はやま》・根武谷《ねぶや》・実渕《みぶち》が、そしてバスケを愛した者たちみなが声を合わせ叫び、あと一ゴールを切望した。

ベンチからも日向を筆頭に、リコや桃井《ももい》も声を張りあげて応援する。

「ディーフェンス！　ディーフェンス！」

大合唱の中、ナッシュの表情が歪《ゆが》む。

（クソが……こんなサルどもに……。だが、勝敗は別だぞ）

迫る赤司を警戒し、ナッシュはサイドのザックにボールをパスした。続いてザックはアレンにボールを回す。

「くそっ……！」

ベンチの景虎が悔《くや》しげに吐き捨てる。ジャバウォックの意図に気づいたのだ。

残り十秒、このままパスを回して待つつもりなのだと。

（カッとなって強引に攻めたりすると思うか？）

ナッシュがニィィと笑いながら、アレンからザックに回ったパスを見遣《みや》る。

ザックからニックへ、ボールが回る。

残り七秒。

戻ってきたボールをナッシュがキャッチした。

残り六秒。

(きっちりボールを回して、オレたちの勝利で終わり《ジ・エンド》だ)

赤司がナッシュに距離を詰める。

けれどナッシュは大きく下がり、赤司の手は届かない。

残り五秒。

(ここまで引かれては……ダメか……!?)

赤司の顔が苦しげに歪む。

ナッシュは勝ち誇ったように嗤った。

残り四秒。その一瞬。

シュタンッ!

誰も気づかなかった手が、ボールを奪いとった。

まさに幻《まぼろし》の一手。

主《あるじ》を失ったボールを拾い、黒子はゴールへと駆けだす。

「取った――――!!」

黄瀬《きせ》が信じられなさと喜びの混ざった声で叫ぶと、会場は怒号《どごう》のような歓声にあふれた。

大観衆の声援を受けて、黒子は走る。

ゴールに向かって。

けれど黒子の前に、猛追《もうつい》して追い抜いたナッシュが走り出た。

「つけあがってんじゃねーよ、サルがぁぁぁぁぁ！」

「負けるもんか！　ボクたちは絶対に勝つ！」

「てめぇごとき、一瞬でつぶしてやる‼」

「ひとりじゃねぇよ、勘違いすんなっ！」

「⁉」

ナッシュの視線が黒子のうしろから駆けてくる青峰を捉えた。さらに、もうひとりのエース、火神の姿も。

「勝つのはオレたちだ！」

火神が吼える。ふたりの双眸は強い意志にあふれ、みなぎる力は輝かんばかりで光の尾をひく、ゾーンはいまだ健在だ。

構えるナッシュの前で黒子はボールを宙へ放った。

「終わりだ、ナッシュ‼」

影の投げたボール目がけて、光たちが叫びコートを蹴って跳び上がる。むろんナッシュも、ボールを奪わんと宙へと跳んだ。

「おおおおおおお!!」

ナッシュ、火神、青峰。三人は最後の力を振りしぼるように叫び、ボールへ手を伸ばす。

残り二秒。

「決めろぉぉぉぉ!!」

赤司、緑間、黒子、黄瀬、紫原が叫ぶ。

残り一秒。

ボールに触れたのは、火神と青峰の手だった。

「くたばれジャバウォック!!」

ふたりの叫び、ふたりの力。ふたりに託《たく》された想い。

すべてを受け入れたボールがゴールリングを、通過する。

タイマーがゼロをうつのと、点数表示の90が92に変わるのは同時だった。

Jabberwock《ジャバウォック》 91対 VORPAL《ヴォーパル》 SWORDS《ソーズ》 92。

「ヴォーパル ソーズの勝利――!」

ＭＣの勝利宣言が館内に流れ、会場は歓喜の渦《うず》と化した。
祝福の紙吹雪《ふぶき》が舞うなかで、黒子は見た。
笑顔で駆けてくる黄瀬と、痛みをこらえながらも微笑《ほほえ》む紫原を。
口の端《はし》を上げて優雅にメガネを上げる緑間と、彼らしい不敵《ふてき》な笑みを浮かべる青峰を。
綺麗《きれい》な紅色《くれないいろ》の瞳に仲間の姿を映《うつ》す赤司を。
そして、誰よりも体いっぱいに喜びを表現する火神を。
もう二度とおとずれない、最高の仲間たちと勝ち取ったもの。
黒子はぐっと拳を握《にぎ》ると突き上げた。
勝ち取った、なによりも尊い勝利を握りしめるようにして。

Last Game

ラストゲーム

KUROKO'S BASKETBALL
LAST GAME

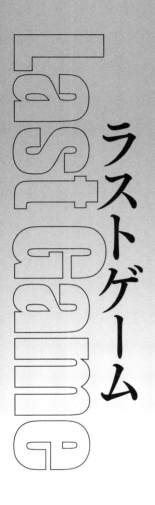

祝勝会の会場は練習に使っていた体育館の一角だった。

「いっやー、ホント！　よくやってくれたぜ、オメーら！　今日はオレのおごりだ！　飲め飲め——!!」

と缶ビールを高く掲《かか》げてご機《き》嫌《げん》な景虎《かげとら》に、日向《ひゅうが》が申し訳なさそうに口を挟《はさ》んだ。

「いやあの……オレら高校生なんで……」

「じゃあコーラでもジュースでもなんでもいいわ！　とにかく飲めーい！」

ほれほれと景虎が差し出したペットボトルのお茶を、高尾《たかお》が「じゃあ、いただきまーす」と受ける。

宴会用にくっつけて並べられた折りたたみ式テーブルの上には、缶ビールやジュースの他に、ピザ、フライドチキン、フライドポテト、ハンバーガーなど数多くの食べ物が揃《そろ》っていた。

机の上を占領《せんりょう》する食べ物たちを眺《なが》めて、桃井《ももい》はぽつりと言った。

「ひょっとして……リコさんのお父さんて、やっぱりちょっと……お金遣《づか》い、荒いですよね？」

「ほっといてよ……」

とリコは両手で顔を覆《おお》う。

ジャバウォックの連日の飲み代と、今日の宴会代。うちの家計、大丈夫かな……と悲壮感漂《ただよ》わせるリコの背を桃井はよしよしと撫《な》でる。

「ったく、ムリヤリ連れてこられたと思ったら……」

と文句を言ったのは、青峰《あおみね》だった。

椅子《いす》にどっかりと座る青峰の周《まわ》りには赤司《あかし》、緑間《みどりま》、紫原《むらさきばら》が座り、思い思いの品を口に運んでいた。

大量のお菓子《かし》を腕のなかに抱えこんだ紫原が、もぐもぐと口を動かす合間に言った。

「お菓子いっぱいあるからオレはいーけどー」

「てか、お前。ケガは大丈夫かよ」

青峰が見つめた紫原の左腕には、包帯がきっちりと巻かれている。けれど紫原は「こんぐらいへーキだし～」と答えると、不自由な状態で器用にお菓子の袋を開けた。

紫原にとってはお菓子を食べられればなにも問題ないのだろう。

「いいのか赤司、こんな雑な……」

やれやれと軽く息を吐いた緑間に、赤司は微笑んだ。

「なにを言っている。車座で宴会なんて中学の頃はみんなしていただろう?」

「そーそー。こーゆーのはいっぱいいて楽しければいいんスよ!」

と口を挟《はさ》んだのは、ひょっこりと姿を現わした黄瀬《きせ》だ。黄瀬は紫原が開けたお菓子の袋からひとつ失敬すると、「ねー、誠凛《せいりん》のみなさん!」と振り返る。

振り返った先にいたのは降旗《ふりはた》、河原《かわはら》、福田《ふくだ》の誠凛二年生組だった。

「は、はぁ……」

と答えた降旗も、他のふたりも揃って微妙な顔だった。

「……でも、オレらまでいて、いいのかなぁ?」

と小さい声で言った河原の言葉が、三人の本心なのだ。そんな彼らを励《はげ》ますように降旗の膝《ひざ》にのっていた2号が「わんっ」とほえる。

降旗たちが戸惑《とまど》うのも当然のことだった。

てっきりヴォーパル ソーズのメンバーのみで行われると思った祝勝会。

そこに帰ろうとしていた誠凛メンバーを引きこんだのは火神《かがみ》だった。

遠慮する誠凛メンバーを「話があるから」と火神が引き留め、さらにヴォーパル ソーズサイド(とくに景虎)が「入れ入れ!」と歓迎ムードで巻きこんだのだ。

「なんだろうな、あらたまって」

コップでお茶を飲みながら、土田《つちだ》がのんびりと言った。

けれど、土田の問いに答えられる者はいなかった。


宴会の途中、体育館の外に誠凛メンバーは呼び出された。

「火神、話ってなんだよ？」

小金井《こがねい》が尋ねると、表情の固い火神は迷うように視線を落とし、隣に立つ黒子を見遣《みや》った。

黒子は黙ったまま火神を見つめていた。

やがて顔を上げた火神は、重たげな口を開いた。

「みんな……オレ、急なんだけど、アメリカに行くことになった」

「…………は？」

降旗がぽかんとした顔をする。

「いやいやいや……え？　また前みたいに修業に行くとかじゃなくて？」

小金井が聞き返すと、火神は首を振った。

「アレックスの紹介で、向こうの強い高校から誘われたんだ。オレはそこでプレイして
ＮＢＡを目指《めざ》したいんす……！」

ＮＢＡ。突然登場したプロの世界の名に、聞いていた全員が息を呑《の》んだ。

「ウソだろ、火神」

言いながらも河原にはわかっていた。火神はウソをつく奴じゃない。けれど、火神の決断が苦しかった。火神の決断は苦しいけれど、火神自身も苦しい決断をしたのだとわかる。

わかる程度には一緒の時間を過ごしてきた。

だから福田はもはや「そんな急に……」としか言えなかった。

「黒子もなんとか言えよ！」

と河原が黒子を見ると、黒子に動揺の影は見あたらなかった。降旗が尋ねる。

「もしかして知ってたのか？」

「はい。アレックスさんから報《しら》せを聞いたとき、ちょうど一緒にいたので……」

「じゃなくて！　お前はそれでいいのかよ！」

河原が黒子に再度言った。

黒子と火神と三人は、一年生のときからずっと一緒だった。だから、黒子が自分たち以

上にショックを受けていることは、わかる。なのにそれを見せない黒子が、今日は歯がゆかった。

「はい。火神君が望むなら、それを全力で応援すべきだと思います」

「黒子………」

降旗たちはもうなにも言えなかった。黒子がこうと決めたら、絶対に曲げない性格であることも、よく知っていたからだ。

「本当にすんません」

火神が全員に向かって頭を下げた。

「自分の夢や、みんなのこと……考えて朝まで考えて、それでもオレはアメリカに行ってみたい……！」

「……たく、ダァホ。下向く意味がわかんねぇよ」

日向の言葉に、火神は顔を上げる。

顔を上げた火神が見たのは、笑顔のリコだった。

「私たちがあんたのこと、応援しないとでも思ってるわけ？」

「そんだけ悩んでくれたってだけで充分だ。思いきり挑戦してこいよ！」

「オレたちも応援する。言ってこい、火神」

日向が、伊月《いづき》が、そして誠凛メンバー全員が火神に笑顔を向けていた。

火神が「みんな……」と呟《つぶや》いたとき、近づいてくる複数の足音が聞こえた。

「そーゆーことだったんスかー？」

「おめーら……」

現われたのは黄瀬、紫原、青峰、緑間、赤司、桃井。

「どーりでなんか様子《ようす》がヘンだと思ったんスよね～」

「へ～火神、アメリカ行くの～～？」

「つーか、なんでお前なんだよ！　実力的にはオレだろーが！」

「ちょっと待て。いつからお前が一番になったのだよ」

と口々に話すメンバーに赤司は思わず笑《え》みを漏らし、「……まぁ、みんないろいろ思うところはあるだろうが」と前置きをすると、火神の前に立った。

「オレたちも応援している。頑張《がんば》れよ、火神」

「………！」

思わぬ言葉に火神が息を呑《の》む。そんな様子も楽しげに見つめ、赤司は続けた。

「少し寂しくもある……。それだけお前は強敵で、お前との試合は思い出深いものだった」

はじめて火神と「キセキの世代」が戦ったのは、海常《かいじょう》との練習試合。

それからインターハイ予選、ウインターカップ予選、ウインターカップ本戦、そして先日のインターハイと戦い続けてきた。

　彼らとの試合は、日本のバスケに失望していた火神を震い立たせるには充分で、また「キセキの世代」の天才たちの魂《たましい》に火をつけるにも充分な戦いだった。はじめは〝黒子の新しい相棒〟という認識でしかなかった火神も、いまでは彼らの中で確固たる地位を得ている。

「出会えてよかった。火神大我《たいが》。お前は『キセキの世代《オレたち》』にとって最高のライバルであり、最高の、友だ」

　赤司の穏《おだ》やかで嬉《うれ》しそうな声に火神は言葉を失う。

　火神がゆっくりと視線を巡らせると、黄瀬、青峰、緑間、紫原もまんざらではない様子で見つめ返していた。

　そして、そんな彼らを黒子は嬉しそうに見つめる。

「オレたちからの餞別《せんべつ》として、ひとつ提案があるんだが……」

と言うと赤司は、今度は誠凛のメンバーへ向き直った。

「オレたちは今日、火神にとって日本最後の試合をプレイできた。だが、誠凛としてはそれで終わるのは寂しいのではないかと思ってね。今からもう一試合しないか？　誠凛対オレたち『キセキの世代』で」

笑顔での提案に、一瞬の沈黙ののちに盛大な声があがった。

「えええ――――!?」

「大丈夫、ユニフォームはもう用意してもらっている」

「どんだけ未来視《み》えてんの赤司!?」

「ていうか、そっちが大丈夫なのか? 体力とか……」

小金井が驚くのに対して日向が気遣いを口にすると、青峰がムッとする。

「ナメンな。一日二試合くらいヨユーだっつの」

「休んで回復したし、高尾っちたちにも交代してもらえばオッケーっス!」

黄瀬が本人の承諾もなしにオッケーを出す。

「はー、めんどくさ」

「紫原、お前は出なくてもいいのだよ」

ざらざら~と残った菓子を一気に食べ終える紫原に緑間が言うと、

「軽くならいーよ、べつに。ちょーどいいハンデっしょ」

と紫原も戦う気満々で答える。

いや、軽くてもダメっスよーと黄瀬は止めるが、黄瀬の力では紫原を押し止《とど》めるのは無理だろう。

止めることのできる唯一の人物は、もちろん制止などせず、微笑んで言った。

「決まりだね。カゲトラさんにも話はつけてある」

赤司に誘われるままに体育館内に移動し、火神らは用意されていたユニフォームへと着替えた。

予想外の展開に、火神はどこかふわふわと雲の上を歩くような不思議な感覚の中にいたが、青峰のひと言で意識が一気にクリアになる。

「ただワリィが手加減《てかげん》はしねーぞ。餞別《せんべつ》試合と思って気ィ抜くなよ」

ギラリとした目で見つめられ、火神も口の端《はし》をあげる。

隣に並ぶ黒子を見遣ると、相変わらずの無表情ながら試合を楽しみにしているのがわかった。

無言で軽く拳《こぶし》を差し出せば、黒子がトンッと拳を合わせてくる。

コートの中央に両チームが整列した。

《「キセキの世代」チーム》

赤司征十郎《せいじゅうろう》　ＰＧ《ポイントガード》
青峰大輝《だいき》　ＰＦ《パワーフォワード》

緑間真太郎《しんたろう》　SG《シューティングガード》
黄瀬涼太《りようた》　SF《スモールフォワード》
紫原 敦《あつし》　C《センター》
《誠凛チーム》
日向順平《じゅんぺい》　SG《シューティングガード》
伊月 俊《しゅん》　PG《ポイントガード》
水戸部《みとべ》凛之助《りんのすけ》　C《センター》
火神大我　PF《パワーフォワード》
黒子テツヤ　？

向かい合う両者の気持ちのいい闘志を感じて、見守るメンバー全員が頬《ほお》を緩《ゆる》めた。

主審がボールを手にコートの中心へ進むと、両チームはジャンプボールに備《そな》えてコートに散らばる。

「それじゃあ、やろうか」

赤司の合図に火神たちが、「キセキの世代」たちが、彼らの仲間たちが、声を揃えた。

「ラストゲーム、ティップオフ！」

旅立ち

Departure

KUROKO'S BASKETBALL
LAST GAME

火神《かがみ》がアメリカへ発《た》つ日。

誠凛《せいりん》メンバーは揃《そろ》って国際線のロビーまで見送りにきていた。

搭乗手続きを終えると、火神はみんなの前で背筋《せすじ》を伸ばし、頭を下げた。

「短い間でしたが、お世話になりました！」

「オレらこそ、ありがとうな」

日向《ひゅうが》が笑顔で言うと、黒子《くろこ》が前に進み出た。

「火神君」

「？」

黒子は火神に向かって右手をさし出した。

「がんばってください。ＮＢＡ選手として活躍できるよう祈っています」

「ったりめーだ。活躍なんてヨユウでして、ナンバーワンになってみせらあ」

火神は勝ち気《かきえ》な笑みを浮かべ、力強く黒子の手を握《にぎ》った。

「いままで、ありがとうございました」

「ああ」

さよならの言葉はなかった。

誰もが笑顔で見送り、火神も笑顔でゲートへと踵《きびす》を返した。

今日も練習があるというのに、わざわざ見送りにきてくれた仲間たちの気持ちが嬉しかった。

背中を押される気分で歩き出した火神であったが、出国審査のところで早くも足止めを食らった。

出国審査を待つ人で長い行列ができていたのだ。

(もっと早く出りゃよかったな……)

列に並ぶもまだまだ時間がかかりそうな様子《ようす》に、火神は溜息《ためいき》をついた。

かといって今さら時間は戻らない。

火神は鞄《かばん》からヘッドフォンを取り出し、携帯音楽プレーヤーの曲を選びはじめた。曲目リストをスクロールさせていくうちに、自分の手に視線が止まった。

(バスケ選手としちゃ、やっぱ小《ち》っせーよな……)

握手をしたときに握り返してきた彼の手。大きさも力も自分のとは比較にならなかった。

(けど、あの手でパスを………)

はじめて受けたのは一年ほど前。バスケに向いてないと思った奴なのに、見たこともない方法でパスを回してきた。

面食《めんく》らった。けれど、おもしろいとも思った。

それからいつの間にか彼のパスが当然のようになって。

何度も、何度も、何度も、パスを受けとった。

『僕は影だ』

繰り返し彼が口にしてきた言葉。そこにこめられた過去と、覚悟と、想い。

携帯プレーヤーを握《にぎ》る火神の手に力がこもる。

火神はむしり取るようにヘッドフォンを外《はず》すと、列から飛び出した。

出国する人たちの間をぬって火神は走った。

もう間に合わないかもしれない。だけど、間に合うかもしれない。火神は時間を取り戻すように必死に駆《か》けた。来た道を正確に戻り、ロビーにいるたくさんの人たちに目をこらし、見逃さないように最大限の注意を払って——

彼の背中を見つける。キセキのように。

「黒子!!」

大きな声に、小柄《こがら》な青年の足が止まった。

近くに他の誠凛メンバーの姿はもうなかった。彼もまた立ち去り難《がた》かったのだろうか。

全速力で走ってきた火神は息を整えるように膝《ひざ》に手をつき、大きく息を吐くと顔を上げて言った。

「オレ……さっきウソついたんだ。ヨユウで活躍して一番になるとか……確かに内心ちょっと自信もあった。オレならやれるんじゃないかって。けど、ジャバウォックの奴らと戦って、そんな甘くもないって気づいたんだ。アイツらはメチャクチャ強くて……お前や、『キセキの世代』がいなきゃ絶対に勝てなかった。だからオレは向こうで何度も壁にぶち当たる。けどもしお前ならって考えると、どんな壁でも…………って…………」

火神は目元をぐいっと拭《ぬぐ》った。残された時間を涙が吸い取っていく気がして邪魔だった。

「ああ、くそ！　なに言ってんだ、オレは……とにかく、お前のおかげなんだ！　いまのオレは！　お前がいたからなんだ！　礼を言わなきゃなんねーのはオレのほうだ！　ありがとうな……！　黒子！」

もはや火神はあふれる涙も気にすることなく、笑顔で感謝の言葉を口にした。

黒子は振り向かなかった。背中を向けたまま目元を拭うような仕草《しぐさ》をすると、

「何度も壁にぶち当たるなんて、そんなの当たり前じゃないですか」

「え？　……ええ⁉」

火神の涙がぴたりと止まる。ようやく振り向いた黒子はいつものように淡々《たんたん》と言った。

「むしろ最初はとんとん拍子《びょうし》にいけそうとか、思ってたことにビックリです」

「そ、そこまで言ってねーだろっ」

「もう死ぬほど壁にぶつかりまくってください」

「オイ⁉」

思わずツッコむ火神の前に、黒子はスッと腕を伸ばした。

突き出した拳《こぶし》はぐっと握《にぎ》られていた。いつも気合いを入れるときにしていた合図。

「それでも火神君なら、必ず乗り越えられると信じてますから」

「…………」

「これからもずっと、ボクはキミの影です」

「…………ああ！」

火神が握った拳を突き出す。黒子は目に光るものを隠しながら、微笑《ほほえ》んだ。

「さよなら、火神君」

「……行ってくる」

拳を合わせなかった。合わせなくても、気持ちはちゃんと伝わっていた。

飛んでいく飛行機を見上げ、空港の屋上で黄瀬《きせ》はさっぱりとした様子で言った。

「はぁー……。行っちまったっスねー、マジで」

「これでもうアイツとはやることなくなっちゃったねー。べつにいいけど〜」

紫原《むらさきばら》がぽりぽりと空港限定のお菓子《かし》を口に運ぶ。

そんなふたりの様子に、緑間《みどりま》が彼にしてはめずらしく微《かす》かに笑《え》んだ。

「そうでもないだろう」

「え？」

紫原は不思議そうに緑間を見つめたが、緑間が口を開くより先に青峰《あおみね》が言った。

「オレは行くぜ、アメリカ」

「え⁉　火神っちに会いにっスか⁉」

「ンなわけ、ねーだろ、バカ。ＮＢＡでバスケやるに決まってんだろ！」

「んなっ⁉　いつスか、それ⁉」

身を乗り出して尋ねる黄瀬に青峰は胸を張って答えた。

「まだわかんねーけど、近いうちに絶対行く」

「てかミドチン、なに言ってんの？」

紫原がしびれをきらして尋ねると、緑間は言った。

「それはこっちの台詞《セリフ》なのだよ。オレたちはこれからもずっと、バスケをやっていくのだろう？」

「！」

思わずお菓子を食べる手が止まった紫原に、赤司《あかし》も微笑み、

「緑間の言う通りだ。火神はプレイするステージが変わっただけだ。オレたちがバスケを続けていれば、戦えるさ」

と、風に誘われるように空を見上げた。青峰たちも同じように顔を上げる。

見上げた空は青く澄んでいた。

彼らが出会った日の青空よりも、もっと。

fin

KUROKO'S BASKETBALL LAST GAME

■初出
劇場版 黒子のバスケ LAST GAME　書き下ろし

この作品は、2017年3月公開の
『劇場版 黒子のバスケ LAST GAME』をノベライズしたものです。

劇場版
黒子のバスケ
LAST GAME

2017年3月30日　第1刷発行
2020年3月11日　第3刷発行

著　　者／藤巻忠俊　平林佐和子

編　　集／株式会社 集英社インターナショナル
〒101-8050 東京都千代田区一ツ橋2-5-10
TEL 03-5211-2632（代）

装　　丁／西山里佳［テラエンジン］

編集協力／佐藤裕介［STICK-OUT］

編 集 人／千葉佳余

発 行 者／北畠輝幸

発 行 所／株式会社 集英社
〒101-8050 東京都千代田区一ツ橋2-5-10
TEL【編集部】03-3230-6297
【読者係】03-3230-6080
【販売部】03-3230-6393（書店専用）

印 刷 所／中央精版印刷株式会社

©Printed in Japan ISBN 978-4-08-703416-5 C0093
検印廃止

ジャンプ　ジェイ　ブックス

集英社